insel taschenbuch 5085

Rainer Maria Rilke

Die schönsten Liebesgeschichten

Keine heimliche Flamme, sondern eine fröhliche Fackel sei die Sinnlichkeit, »die wir hinter alle Transparente unseres Wesens halten«. Rilkes Liebesgeschichten erzählen gefühlvoll und zum Teil leise ironisch von der Suche nach Liebe und Sinnlichkeit, von der Ratlosigkeit der Liebenden und vom Erfassen und Halten des geliebten Menschen. Sie entstanden zwischen dem neunzehnten und fünfundzwanzigsten Lebensjahr des Autors, also in den Jahren, in denen sich seine Vorstellung einer partnerschaftlichen, vom anderen nicht Besitz ergreifenden Liebe zu entwickeln begann.

Rainer Maria Rilke wurde am 4. Dezember 1875 in Prag geboren und studierte Literatur, Kunstgeschichte und Philosophie in Prag, München und Berlin. Er starb am 29. Dezember 1926 im Sanatorium bei Montreux in der Schweiz. Sein Werk erscheint seit dem Jahr 1900 im Insel Verlag.

RAINER MARIA
RILKE

DIE SCHÖNSTEN LIEBESGESCHICHTEN

Ausgewählt von Vera Hauschild

INSEL VERLAG

Diese Textauswahl ist erstmals 2003 unter dem Titel
Liebesgeschichten (it 2894) erschienen

Erste Auflage 2025
insel taschenbuch 5085

Umschlaggestaltung: Burkard Neie, Berlin
Satz: Satz-Offizin Hümmer GmbH, Waldbüttelbrunn
Druck: CPI books GmbH, Leck
Printed in Germany
ISBN 978-3-458-68385-8

Insel Verlag Anton Kippenberg GmbH & Co. KG
Torstraße 44, 10119 Berlin
info@insel-verlag.de
www.insel-verlag.de

Liebesgeschichten

Inhalt

Die Menschen sind so furchtbar weit voneinander; und die, welche einander lieb haben, sind oft am weitesten. Sie werfen sich all das Ihrige zu und fangen es nicht, und es bleibt zwischen ihnen liegen irgendwo und türmt sich auf und hindert sie endlich noch, einander zu sehen und aufeinander zuzugehen.

Die Näherin

.......Es war im April des Jahres 188.... Ich war gezwungen meine Wohnung zu wechseln. Mein Hausherr hatte sein Haus verkauft und der neue Besitzer war entschlossen, das Stockwerk, in welchem mein bescheidenes Zimmer sich befand, ungeteilt zu vermieten. Ich suchte lange nach einem anderen erfolglos. Endlich nahm ich des Suchens müde fast ungeschaut ein Kämmerchen im dritten Stocke eines Gebäudes, dessen Längsseite keinen unbedeutenden Teil der engen Seitengasse einnahm.

Mein Zimmer erschien mir gleich in den ersten Tagen recht heimlich. Durch die beiden kleinen Fenster, deren vielfach geteilte Scheiben das Alter des Hauses erraten ließen, schaute ich weit über graue und rote Dächer, über rußige Schornsteine hinweg die blauen Berge und konnte die aufgehende Sonne betrachten, die als glühende Kugel auf dem verschwommenen Hügelrande lehnte. Meine eigenen Möbel, die ich hatte herbeischaffen lassen, machten den beengten Raum wohnlicher, als ich anfangs hoffte, und die Bedienung, die die Hausbesorgerin übernommen hatte, ließ nichts zu wünschen übrig. Die Treppe war nicht allzusteil und konnte unmerklich erstiegen werden, ja, wenn ich in Gedanken hinanschritt, fühlte ich mich gar verleitet, bis auf den Dachboden zu klimmen. Kurzum ich war zufrieden, zumal in dem dunklen Hofe weder Kinder spielten noch – Leierkästen.

Jahre sind ins Land gegangen seither. – Die Zeit, von der ich erzähle, liegt für mich im Dämmern der Vergangenheit, und die grellen Farben der Ereignisse sind verblaßt und verschwommen. Mir ist, als spräche ich von einer Begebenheit, die nicht mir selbst, sondern einem Anderen, vielleicht einem guten Freunde zugestoßen ist. Ich muß daher nicht befürchten, daß mich die Selbstliebe zu einer Lüge verleitet: ich schreibe offen, klar und wahrheitsgemäß.

Ich war nicht viel zuhause damals. Früh um halb acht ging ich ins Amt, speiste mittags in einem billigen Gasthause und verbrachte so oft es anging den Nachmittag im Hause meiner Braut. Ja, ich war verlobt damals. Hedwig – ich will sie so nennen – war jung, liebenswürdig, gebildet und – was in den Augen meiner Genossen am schwersten ins Gewicht fiel – reich. Sie entstammte einer älteren Kaufmannsfamilie, die es durch Sparsamkeit und Fleiß endlich dahin gebracht hatte, ein Haus zu führen, das auch die jungen Kavaliere gerne besuchten, weil bei aller Vornehmheit ein ungezwungener Frohsinn dort herrschte, der die Langeweile nicht aus den Teetassen steigen ließ. Die jüngste Tochter des Hauses, Hedwig, war übrigens jedermanns Liebling, weil sie mit ihrer Bildung eine gewisse liebenswürdige Leichtfertigkeit vereinte, die die gleichgültigste Unterhaltung interessant und reizvoll machte. Sie besaß mehr Herz und Gemüt, als die beiden älteren Schwestern, war aufrichtig, heiter, und – es ist gewiß, daß ich sie liebte. –

Ich kann offen reden. Sie heiratete später, ein Jahr nachdem das Verlöbnis gelöst war, einen jungen, adligen Offizier, starb aber, nachdem sie ihm das erste Kind, ein blondlockiges Töchterchen, geschenkt hatte. –

In ihrem Elternhause, wo sich täglich eine größere Gesellschaft befand, blieb ich gewöhnlich bis gegen die sechste Abendstunde, machte dann meinen Spaziergang, besuchte das Theater und kehrte um zehn Uhr nachts nachhause zurück, um den nächsten Tag dieselbe Lebensweise fortzuführen.

Früh, wenn ich meine drei Treppen langsam niederstieg, traf ich auf dem Vorraume des ersten Stockes stets den Hausbesorger, der die weißen Steinfließe reinigte. Er grüßte und begann ein Gespräch. Tag für Tag dasselbe. Vom Wetter erst, dann, wie ich zufrieden sei mit meiner Wohnung und dergleichen. Da der Alte nie enden wollte, fragte ich ihn immer nach seinen Kindern, worauf er seufzte und zwischen zusammengepreßten Zähnen hervorstieß: »'s ist ein Kreuz! Die machen Sorge, Herr!« Damit wars zu Ende. – Einmal, an einem Dienstag, erkundigte ich mich, nur um etwas zu sagen, wer denn neben mir wohne. – Die Frage ward beantwortet, just wie sie gestellt war: nur so – oben hin. »Eine Nähterin, ein armes Ding, ein häßliches....« murrte er, ohne vom Boden aufzusehen. Das war Alles.

Ich hatte diese Auskunft längst vergessen, als ich sie – die Näherin, wie ich damals richtig vermutete – im dämmerigen Flur des Hauses traf. An einem Sonntagvormittag war es. Ich hatte länger geschlafen und ging eben aus, während sie, ein kleines Buch in der Hand, wahrscheinlich aus der Kirche zurückekehrte. Eine armselige Gestalt: zwischen den spitzen Schultern, die ein verschossener, grüner, fast bis zur Erde reichender Mantel deckte, wiegte sich der Kopf, in dem zuerst die lange, dünne Nase und die hohlen Wangen auffielen. Die schmalen, leicht geöffneten Lippen zeigten unsaubere Zähne, das Kinn war eckig und sprang weit vor. Bedeutend in diesem Gesichte schienen nur die Augen. Nicht daß sie schön gewesen wären, aber sie waren groß und sehr schwarz – wenn auch glanzlos. So schwarz, daß das tiefdunkle Haar fast grau erschien. – Ich weiß nur, daß der Eindruck, den dies Wesen auf mich machte, keineswegs ein angenehmer war. Ich glaube sie sah mich nicht an. Indessen blieb mir keine Zeit über diese gleichgültige Begegnung weiter nachzudenken, da ich knapp vor dem Tore einem Freunde in die Hände fiel, in dessen Gesellschaft ich den ganzen Vormittag verbrachte. Dann vergaß ich überhaupt, daß ich eine Nachbarin hatte, zumal es, trotzdem wir hart Tür an Türe waren, nebenan Tag und Nacht ganz stille blieb. – So wäre es wohl fortgegangen, wenn nicht eines Nachts durch Zufall – oder wie soll ich es nennen – das Unerwartete, Niegeahnte geschehen wäre.

Im Hause meiner Braut fand in den letzten Tagen des April eine Gesellschaft statt, die, lange besprochen und vorbereitet, ganz trefflich verlief und bis spät in die Nacht dauerte. Gerade an jenem Abende hatte ich Hedwig entzückend gefunden. Ich plauderte lange mit ihr im kleinen, grünen Salon, und hörte voll Freude, wie sie halb ironisch, aber voll kindlicher, inniger Naivität das Bild unseres zukünftigen Hausstandes entwarf, wie sie all die kleinen Freuden und Leiden mit den grellsten Farben malte, und sich auf unser Glück freute, wie ein Kind auf den Christbaum. Ein angenehmes Gefühl der Zufriedenheit durchstrahlte wie eine wohltuende Wärme meine Brust, und auch Hedwig gestand damals, mich noch nie so heiter gesehen zu haben. – Dieselbe Stimmung beherrschte übrigens die ganze Gesellschaft: Toast folgte auf Toast. So kam es denn, daß man sich um drei Uhr morgens immer noch recht ungern trennte. – Drunten fuhr Wagen um Wagen vor. Die wenigen Fußgänger zerstreuten sich bald nach allen Seiten. Ich hatte mehr denn eine halbe Stunde zu gehen und so beschleunigte ich ziemlich meine Schritte, umsomehr, als die Aprilnacht kalt und nebeldüster war. Ich war mit meinen Gedanken beschäftigt und es schien mir gar nicht so lange gedauert zu haben, als ich schon vor der Haustür stand. Langsam sperrte ich auf und schloß das Tor vorsichtig hinter mir. Brannte dann ein Zündholz an, welches mir durch die Vorhalle bis zur Treppe leuchten sollte. Es war übrigens das letzte, das ich besaß. Es löschte bald. Die Treppe tappte ich, immer noch der schönen Stunden des vergangenen Abends denkend, hinan. Nun war ich oben. Ich steckte den Schlüssel in die Tür, drehte einmal um, öffnete langsam.........

Da stand *sie* vor mir. Sie. – Eine matte, fast herabgebrannte Kerze erhellte dürftig das Zimmer, aus dem mir ein unangenehmer Dunst von Schweiß und Fett entgegenschlug. Sie stand in einem schmutzigen, weitoffenen Hemde und einem dunklen Unterrock am Ende des Bettes, schien gar nicht erstaunt und blickte mich nur unverwandt mit starren Augen an. –

Ich war offenbar in ihr Zimmer geraten. Aber ich war so befangen, so festgebannt, daß ich nicht ein Wort der Entschuldigung sagte, aber auch nicht ging. Ich weiß, daß mich ekelte; aber ich blieb. Ich sah wie sie an den Tisch trat, den Teller mit den verstreuten Überresten eines zweifelhaften Mahles beiseite schob, vom Sessel die Kleider wegnahm, die sie ausgezogen, – und mich setzen hieß. Mit leiser Stimme, indem sie sagte: »Kommen Sie.«

Auch der Klang dieser Stimme war mir zuwider. Aber wie einer unbekannten Macht folgend, gehorchte ich. Sie sprach. Ich weiß nicht worüber. – Dabei saß sie am Rande ihres Bettes. Ganz im Dunkel. Ich sah nur das bleiche Oval dieses Gesichts und hie und da, wenn die verlöschende Kerze auflohte, die großen Augen. – Dann erhob ich mich. Ich wollte gehen. Die Klinke an der Tür leistete Widerstand. Sie kam mir zuhilfe. Da – in meiner Nähe glitt sie aus,– und ich mußte sie auffangen. Sie schmiegte sich an meine Brust, und ich fühlte ganz nahe ihren glühenden Atem. Er war mir unangenehm. Ich wollte mich los machen. Allein ihre Augen ruhten so starr in den meinen, als webten diese Blicke ein unsichtbares Band um mich. Sie zog mich immer mehr an sich, immer mehr. Sie drückte heiße, lange Küsse auf meine Lippen....... Da verlöschte die Kerze. –

Am anderen Morgen erwachte ich mit schwerem Kopf, Kreuzschmerzen und bitterer Zunge. Neben mir in den Kissen des Bettes schlief sie. Das blasse eingefallene Gesicht, der magere Hals, dieser flache entblößte Busen flößte mir Schrecken ein. Ich richtete mich langsam auf. Die dumpfige Luft lastete auf mir. Ich blickte mich um: der schmutzige Tisch, der abgenutzte, dünnbeinige Sessel, die eingegangene Blume auf dem Fensterbrett – Alles machte den Eindruck des Elenden, Verkümmerten. Da regte sie sich. Sie legte wie träumend eine Hand auf meine Schulter. Ich betrachtete diese Hand; die langen dickknöcheligen Finger mit den schmutzigen, kurzen, breiten Nägeln, die Haut an den Spitzen braun und zerstochen..... Mich ergriff ein Abscheu vor diesem Wesen. Ich sprang empor, riß die Tür auf, und rannte in mein Zimmer. Dort ward mir leichter. Noch weiß ich, daß ich bei meiner Tür den Riegel vorschob – so weit es ging. –

Tag um Tag verging in ganz derselben Weise, wie früher. Einmal, vielleicht eine Woche später, als ich mich schon zu Ruhe begeben hatte, stieß ich zufällig mit dem Ellenbogen gegen die Wand. Ich vernahm, daß dieses unabsichtliche Klopfen sofort beantwortet wurde. Ich blieb still. – Dann schlummerte ich ein. Im Halbschlaf plötzlich schien mir, daß meine Tür geöffnet würde. Im nächsten Augenblick fühlte ich einen Körper, der sich an mich schmiegte. Sie war bei mir. In meinen Armen verbrachte sie die Nacht. Ich wollte sie fortschicken, oft. Aber sie blickte mich mit ihren großen Augen an, und das Wort erstarb auf der Lippe. O es war entsetzlich, die warmen Glieder dieses Wesens neben mir zu fühlen, dieses häßlichen, frühgealterten Mädchens; und doch fand ich nicht die Kraft.....

Manchmal begegnete ich ihr im Treppenhause. Sie ging an mir vorbei, wie zum ersten Male: – wir kannten uns nicht. Sehr oft kam sie zu mir. Leise, ohne ein Wort zu sprechen, trat sie ein und hielt mich gebannt durch ihren Blick. Ich war willenlos.

Endlich beschloß ich der Sache ein Ende zu machen. Mir kam es wie ein Verbrechen vor gegen meine Braut, das Bett mit diesem Weibe zu teilen, das sich mit solcher Aufdringlichkeit an mich schmiegte, und das doch nichteinmal – das Recht der Liebe besaß! –

Ich kam viel zeitiger nachhause und verriegelte sofort meine Türe. Als die neunte Abendstunde heranrückte, kam sie. Da sie die Tür versperrt fand, ging sie wieder weg; sie mochte wähnen ich sei nicht zuhause. Aber ich war unvorsichtig. Ich schob den schweren Schreibtischsessel etwas jäh zurück. Das mußte sie vernommen haben. Im nächsten Augenblicke pochte es. Ich blieb still. Noch einmal. Dann ungeduldig ohne Unterlaß. Jetzt hörte ich sie schluchzen – lange, lange.... Die halbe Nacht mußte sie an meiner Türe verbracht haben. Aber ich war stark geblieben; ich fühlte, daß dieses Ausharren den Zauber gebrochen hatte. –

Den nächsten Tag traf ich sie auf der Treppe. Sie ging sehr langsam. Als ich ganz in ihrer Nähe war, schlug sie die Augen auf. Ich erschrak: In diesen Augen lag ein unheimliches Flimmern und Drohen.... Ich lachte über mich selbst. – Ich war doch ein rechter Tor! Dieses Mädchen! Und ich schaute ihr nach, wie sie so schwerfällig die Füße auf die Steinstufen setzte und hinabhinkte.......

Am Nachmittage brauchte der Chef meiner, so daß der

gewohnte Besuch bei Hedwig unterbleiben mußte. Abends, als ich in meine Stube kam, fand ich einen Brief des Vaters meiner Braut vor, der mich in das größte Erstaunen versetzte. Er lautete:

»......... Unter den obwaltenden Verhältnissen werden Sie es begreifen, daß ich mich zu meinem eigenen, größten Bedauern gezwungen sehe, die Verlobung mit meiner Tochter aufzuheben. Ich dachte Hedwig einem Manne anzuvertraun, den keine anderweitigen Verpflichtungen binden. Derartige Erfahrungen seinem Kinde möglichst zu ersparen, ist Vaterpflicht. Sie werden, geehrter Herr von B....., mein Vorgehen verstehen, wie auch ich überzeugt bin, daß Sie mich selbst gewiß noch rechtzeitig von der Lage der Dinge unterrichtet hätten. – Im Übrigen stets der Ihre......«

Wie mir zumute war, ist schwer zu beschreiben. Ich liebte Hedwig. Ich hatte mich in die Zukunft, die sie selbst so reizend entworfen hatte, schon eingelebt. Ich konnte mir mein Schicksal ohne sie nicht denken. Ich weiß, daß mich zuerst ein heftiger Schmerz übermannte, der mir Tränen in die Augen trieb, ehe ich Zeit fand nachzudenken, welchem Einflusse ich diese sonderbare Zurückweisung zu verdanken hatte. Denn sonderbar war sie auf jeden Fall. – Ich kannte Hedwigs Vater, der die Gewissenhaftigkeit und Gerechtigkeit selbst war, und wußte, daß nur ein bedeutendes Ereignis ihn zu diesem Vorgehen bewogen haben konnte. Denn er achtete mich und war zu besonnen mir Unrecht zu tun. Ich schlief die ganze Nacht nicht. Tausend Gedanken durchkreuzten meinen Kopf. Endlich gen Morgen entschlummerte ich vor Müdigkeit. Beim Erwachen bemerkte ich, daß ich vergessen hatte, die Tür zu verriegeln. Indessen sie war nicht bei mir gewesen. Ich atmete erleichtert auf.

Ich kleidete mich eilig an, entschuldigte für ein paar Stunden mein Fernbleiben vom Amte und eilte zur Wohnung meiner Braut. Ich fand das Tor verschlossen, und als auf mein wiederholtes Läuten niemand erschien, dachte ich sie seien ausgefahren. Der Hausbesorger könnte ja leicht im Hofe beschäftigt sein, wo er die Glocke nicht hörte. – Ich beschloß am Nachmittage zur gewöhnlichen Stunde zu kommen.

So tat ich auch. – Der Hausbesorger öffnete, machte erstaunte Augen und sagte, ich müßte ja doch wissen, daß die Herrschaften abgereist seien. Ich erschrak, tat aber, als sei ich von Allem unterrichtet, und verlangte nur Franz, den alten Diener, zu sprechen. Der erzählte mir denn auch haarklein, daß Alle, Alle abgereist sei'n, nachdem gestern nachmittag eine merkwürdige Szene sich abgespielt hätte.

»Ich stand«, so sprach er, »hier im Vorraum, putzte die Tafelbestecke, als ein Frauenzimmer heruntergekommen und elend eintrat und mich ersuchte, sie zu Fräulein Hedwig zu führen. Natürlich gab ich nicht nach, – man muß die Leute doch erst kennen ....« Ich nickte eifrig. – Mir kam ein Gedanke .... »Na und kurz und gut«, fuhr der schwatzhafte Alte fort, »sie machte auf meine Weigerung hin solange ein Geschrei und Gezeter, bis der gnädige Herr heraustrat. Den bat sie nun und beschwor, sie bringe wichtige Nachrichten. Er nahm sie in sein Cabinet. Eine Stunde blieb sie drin. Eine Stunde, gnädiger Herr! Dann kam sie heraus, küßte dem gnädigen Herrn die Hand ......«

»Wie sah sie aus?« unterbrach ich ihn.

»Blaß, mager, häßlich.«

»Groß?«

»Recht groß.«

»Augen?«

»Schwarz, auch die Haare.« Der Alte schwatzte noch weiter. Ich wußte genug. – Alle Worte des entsetzlichen Briefes wurden mir klar: Verpflichtungen!.... Bitterer Groll regte sich in mir. Ich ließ den Diener stehen und stürzte hinab. Ich lief durch die Straßen bis zu meinem Hause. Vor dem Tor standen ein paar Leute beisammen. Männer und Weiber. Sie sprachen heftig und leise. Ich stieß sie rauh beiseite. Dann drei Treppen hinan ohne Atemholen. Ich mußte zu ihr, ihr sagen... Ich wußte nicht was ich sagen würde, aber ich fühlte, daß mir die rechte Zeit die rechten Worte leihen werde....

Auch auf der Treppe begegnete ich Männern. Ich achtete ihrer nicht. Oben. – Ich riß die Tür auf. Heftiger Carbolgeruch drang mir entgegen. Ein hartes Wort erstarb mir auf den Lippen. Da lag sie auf den grauen Linnen des Bettes in bloßem Hemde. Den Kopf weit zurück, die Augen geschlossen. Die Hände hingen schlaff. Ich trat näher. Sie zu berühren wagte ich nicht. – Mit den klaffenden Lippen und den unterlaufenen Augenlidern machte sie ganz den Eindruck einer Ertrunkenen. Mich schauerte. Ich war allein im Zimmer. Die scheidende, kalte Sonne beschien den schmutzigen Tisch – den Bettrand.... Ich beugte mich zu dem Weibe. Ja, sie war tot. Die Farbe des Gesichtes war bläulich. Ein übler Geruch ging von ihr aus. Und ein Ekel erfaßte mich, ein Abscheu...

1894

Und doch in den Tod

Ein Augustmorgen ging goldsohlig an mir vorbei in den Wald.

Ich lag da im krausen, glitzernden Moose und schaute ihm nach. Ich sah, wie er lichtgrüne Reflexe auf den silberweißen Kies schleuderte, als streute er Malachitkrystalle um sich her. Und ich vernahm seinen leisen, leichten Schritt, der die staunenden Blumen erweckte aus dem langen, lieblichen Schlummer.

Ich streckte die Arme weit aus und ‹er›blickte jetzt nur die hohen Lärchenwedel, die sich leise wiegten her, hin – her, hin, als sollten sie den blauen Himmel blank scheuern. Und er war doch so klar!

Jetzt regneten mir silberne Pünktchen in die Augen, dicht, immer dichter, bis eine Fülle von Glanz auf ihnen wuchtete. Da schloß ich die Lider. Licht war in meiner Seele – und ich atmete tief und ruhig das starke, würzige Waldarom....

Und da knackten die Äste. Ich rührte mich nicht. Aber ich dachte dunkel und verschwommen:

Ein Reh – gewiß. Und ich stellte mir unwillkürlich das braune zartgelenkige Tier vor, wie es neugierig und zaghaft mit großem, schwarzem Auge aus grünem Blätterrahmen zu mir herüber staunt....

Es knackte wieder.

Aber das waren menschliche Schritte.

Ich ward nüchtern. Mit jenem unwillkürlichen Schreck, den man empfindet, wenn ein Fremder uns in Träumen überrascht, richtete ich mich empor.

Ich musterte die Runde.

Nichts.

Da – doch. Hinter dem Buschwerk: Eine Gestalt. Ein Mann. – Sein Gesicht sah ich nicht. Er trägt einen grauen Rock. – Ein Jäger, denk ich. Ich will mich wieder zurücklehnen. Aber – ich habe doch keine Ruhe.

Lautlos, als hätte ich Angst, erhebe ich mich. Und da im Augenblick starrt mich ein Gesicht an, ein verzerrtes verhärmtes Gesicht, mit zwei unstäten, glimmenden Augen... Eine Hand hält er hoch. Und diese Hand – mein Gott – diese Hand preßt eine kleine Schußwaffe an den flachen Schlaf......

Der Mann hat mich bemerkt. Schlaff fällt ihm der Arm herab.

Ein kaltes höhnisches Lächeln umfurcht seine tief gezogenen Mundwinkel.

Wir stehen einander stumm gegenüber. Sein Blick glimmt Zorn.

Ich fasse Mut. Hart trete ich an ihn heran. Und ich sage nur ein Wort mühsam aus trockener, enger Kehle heraus: »Warum?«

Und da lacht er. Ein Lachen, das den heiligen, blauen Morgen zerfetzt. Mich fröstelt. – Er aber schweigt.

So stehen wir beide regungslos. – Hoch über uns rauschen die Wipfel. –

Und dann packt den Mann vor mir ein Schluchzen, das ihn rüttelt. Und er kniet hin und faltet die aderreichen Hände: »Ich kann nicht leben« – stammelt er. – »Ich kann nicht...«

Ich lasse seinen Schmerz austoben.

Er wird ruhiger. Das Pistol birgt er in der Tasche. Und er erzählt mir: Er hat ein Weib daheim. – Er liebt dieses Weib. Und sie ist gut und sorglich.

Aber es kommen Tage, da ihr Aug' (sie hat blaue Augen)

grün ist, ihre Wange bleich, und da ihre Lippe begehrlich sich wölbt, als schlürfe sie den süßen Duft eines trauten Geheimnisses.

»Dann nennt sie mich beim Zunamen. Berger, sagt sie, und sie nennt mich sonst nie so. Dann weicht sie mir aus und schlägt die Lider nieder, wenn ich sie anschaue, dann ist sie vergeßlich, fremd, abwesend. –

Sie ist krank, dachte ich. –

Aber das geht immer vorüber.

Und neulich war es wieder so. Ihr Aug' war über mich weg in weite Ferne gerichtet, ihre Hand bebte...

Als sie in ihr Zimmer gegangen war, schlich ich nach.

Und durch eine Ritze sah ich, wie sie drinnen weinend auf den Knieen lag und welke Blumen küßte – küßte mit einer Inbrunst, wie sie mich nie geküßt, auch in der Brautnacht nicht!

Und seither weiß ichs. – Sie hat jemand geliebt, vor mir geliebt. Sie liebt ihn noch!« Am ganzen Leibe bebend schrie er das in den Wald. – »Und in diesen Tagen, da berauscht sie sich an dem heißen Duft ihres verwelkten Glückes. Und so betrügt sie mich. – So wirft sie sich, die mir allein gehören soll, in die Arme eines Schattens...«

Tonlos ging sein Wort aus. – Und inniges Mitleiden beseelte mich. Ich schob meinen Arm unter den seinen: »Kommen Sie.« Und jetzt sprach ich ihm beruhigend zu.

Er möge offen gegen sein Weib sein. Ihr sagen, was ihm Kränkung bereite; sie werde ihm gewiß mit Offenheit vergelten. Dergleichen mehr. Er wurde wirklich gefaßter.

»Sehen Sie«, sagte ich, »das Mitgefühl mit Ihnen, Herr Berger, und die einsame Stille des Waldes, heißt mich Ihnen ein Stück meines Lebens erzählen. – Jahre sind's her. – Ich liebte ein Mädchen. – Für dieses Mädchen strebte und schaffte ich. Und eines Tages wußte ich: sie hintergeht dich. – Und ich blieb ganz ruhig. Ich ging in die einsame Heide hinaus. In meiner Brusttasche war ein geladener Revolver. Ich fühlte, für mich gab es nichts, als den – Tod. Und ich stand draußen in der öden Weite und blickte um mich. Niemand. – Ich griff also in die linke Tasche – und wie ich die Waffe fasse, ziehe ich ein Stück Papier mit heraus. Unwillkürlich betrachtete ich dasselbe.

Es war eine kleine, schlichte Novelle von duftstarker Poesie, die ich einmal in glücklicher Stunde geschrieben.

Und ich las zwei, drei Zeilen.

Und dann setzte ich mich auf den Rain, legte das Pistol neben mich und las fort.

Wie Öl flossen die schlichten, innigen Worte in den Sturm meiner Seele hinein. Nach einer halben Stunde ging ich klaren Auges stadtwärts. – Ich wußte, es gibt eine Heilung für mein Weh. Eine starke Arzenei: Arbeit. –

Das ist meine ganze Geschichte.«

Der Mann neben mir schaute mich groß an – mit dankbarem Blick. Er sagte nichts. Aber er faßte meine Rechte mit beiden Händen und drückte sie. – Schon dieser kräftige Druck sagte mir: – er ist dem Leben wiedergewonnen. –

Wir gingen selbander fort weiter in den Wald. – Der schimmernde Augusttag goß goldenen Frieden in unsere gerührten empfänglichen Herzen. Wir schwiegen; aber wir blickten uns von Zeit zu Zeit an, wie gute, alte Freunde; wir verstanden uns. –

Und später plauderten wir. Leichthin über Vergangenes und Zukünftiges, Erinnerungen und Wünsche. – Und seine Worte klangen so ruhig, so friedlich in die Mittagsstille. –

Dann plötzlich fragte er: ... »Und haben Sie ganz verschmerzt« ...

Ich betonte: »Ganz« …

Er blickte mich forschend an: »Wirklich?«

»Wodurch soll ich Ihnen beweisen?« meinte ich obenhin.

»Wodurch?« – Er sann nach.

Dann lächelte er: »Sind Sie im Stande, den Namen des Mädchens ganz ruhig auszusprechen?«

»Wie denn nicht: Helene Croner.«

Da kracht neben mir ein Schuß. Mit zerschelltem Schädel wälzt sich Berger im Moose. – Er blieb auf der Stelle tot.

Am nächsten Tage durchblätterte ich die Zeitung. Auf dem letzten Blatt im äußersten Eckchen stand die schonend gehaltene Todesanzeige Berger's. Unterzeichnet war dieselbe:

Die tieftrauernde Witwe
Helene Berger,
geborene Croner.

1896

Die Flucht

Die Kirche war ganz leer.

Durch das bunte Glasfenster über dem Hauptaltar brach der Abendstrahl, breit und schlicht, wie alte Meister ihn auf der Verkündigung Mariens darstellen, in das Hauptschiff und frischte die verblaßten Farben des Stufenteppichs auf. Dann durchschnitt der Lettner mit seinen barocken Holzsäulen den Raum, und jenseits desselben wurde es immer dunkler, und die kleinen ewigen Lampen blinzelten immer verständnisvoller vor den nachgedunkelten Heiligen.

Hinter dem letzten, plumpen Sandsteinpfeiler war es ganz Nacht. Dort saßen sie, und über den beiden hing ein altes Stationsbild. Das blasse Mädchen drückte ihre lichtbraune Jacke in die dunkelste Ecke der schweren, schwarzen Eichenbank. Die Rose auf ihrem Hut kitzelte dem Holzengel in der geschnitzten Lehne das Kinn, so daß er lächelte. Fritz, der Gymnasiast, hielt die beiden winzigen Hände des Mädchens, welche in zerschlissenen Handschuhen staken, in den seinen, so wie man ein kleines Vögelchen hält, sanft und doch sicher. Er war glücklich und träumte: sie werden die Kirche zusperren und uns nicht bemerken, und wir werden ganz allein sein. Gewiß gehen Geister hier in der Nacht. Sie schmiegten sich fest aneinander, und Anna flüsterte ängstlich: »Ists nicht schon spät?« Da fiel ihnen beiden ein Trauriges ein; ihr – der Platz am Fenster, an dem sie tagaus tagein nähte; man sah eine häßliche, schwarze Feuermauer von dort und niemals Sonne. Ihm – sein Tisch, voll mit Lateinheften, auf dem aufgeschlagen lag Πλάτων, συμπόσιον. Die beiden Menschen schauten vor sich hin, und ihre Blicke gingen derselben Fliege nach, welche durch die Rillen und Runen der Betbank pilgerte.

Sie sahen sich in die Augen.

Anna seufzte.

Fritz legte leise und hütend den Arm um sie und sagte: »Wer doch so fort könnte.«

Anna blickte ihn an und sah die Sehnsucht, die in seinen Augen leuchtete. Sie senkte die Lider, wurde rot und hörte:

»Überhaupt sie sind mir verhaßt, gründlich verhaßt. Weißt du: wie sie mich ansehen, wenn ich von dir komme. Sie sind lauter Mißtrauen und Schadenfreude. Ich bin kein Kind mehr. Heut oder morgen, wenn ich was verdienen kann, gehen wir zusammen, weit fort. Allen zum Trotz.«

»Hast du mich lieb?« Das blasse Kind lauschte.

»Unbeschreiblich lieb.« Und Fritz küßte ihr die Frage von den Lippen.

»Wird das bald sein, daß du mich mit dir nimmst?« zögerte die Kleine. Der Gymnasiast schwieg. Er hob unwillkürlich den Blick, ging der Kante des plumpen Sandsteinpfeilers nach und las über dem alten Stationsbild: »Vater vergib ihnen...«

Da forschte er ärgerlich: »Ahnen sie was bei dir zu Haus?«

Er drängte die Anna: »Sag.«

Sie nickte ganz leis.

»So«, wütete er, »ich sags ja, also doch. Diese Klatschbasen. Wenn ich nur...« Er grub den Kopf in die Hände.

Anna lehnte sich an seine Schulter. Sie sagte einfach:

»Sei nicht traurig.«

So verharrten sie.

Plötzlich sah der junge Mensch auf und sagte:

»Komm fort mit mir!«

Anna zwang ein Lächeln in ihre schönen Augen, welche voll Tränen waren. Sie schüttelte den Kopf und sah sehr hilflos aus. Und der Student hielt wieder wie früher ihre winzigen Hände, die in schlechten Handschuhen staken. Er sah in das lange Hauptschiff hinein. Die Sonne war erloschen, und die bunten Glasfenster waren häßliche, mattfarbene Kleckse. Es war still.

Dann begann hoch in der Halle ein Piepsen. Beide schauten auf. Sie bemerkten eine verirrte kleine Schwalbe, welche mit müden, ratlosen Flügeln das Freie suchte.

Auf dem Heimweg dachte der Gymnasiast an ein verabsäumtes lateinisches Pensum. Er beschloß, noch zu arbeiten, trotz des Widerwillens, den er hatte, und trotz aller Müdigkeit. Aber fast unwillkürlich machte er einen großen Umweg, verirrte sich sogar ein wenig in der sonst gut bekannten Stadt, und es war Nacht, als er in seine enge Stube trat. Auf den Lateinheften lag ein kleines Briefchen. Er las bei der unsicher flackernden Kerze:

»Sie wissen alles. Ich schreibe Dir unter Tränen. Der Vater hat mich geschlagen. Es ist schrecklich. Jetzt lassen sie mich nie mehr allein ausgehen. Du hast recht. Komm fort. Nach Amerika oder wohin Du willst. Ich bin morgen früh um sechs Uhr auf der Bahn. Da geht ein Zug. Vater fährt immer auf die Jagd damit. Wohin – weiß ich nicht. Ich schließe. Es kommt jemand.

Also erwarte mich. Bestimmt. Morgen um sechs. Bis in den Tod

Deine Anna

Es war niemand. Wohin, glaubst Du, gehen wir? Hast Du Geld? Ich habe acht Gulden. Diesen Brief schick ich Dir durch unser Dienstmädchen an das euere. Mir ist jetzt gar nicht mehr bang.

Ich glaube, Deine Tante Marie hat geklatscht.

Sie hat uns also Sonntag doch gesehen.«

Der Gymnasiast ging in großen und energischen Schritten auf und nieder. Er fühlte sich wie befreit. Sein Herz pochte heftig. Er empfand auf einmal: Mann sein. Sie vertraut sich mir an. Ich darf sie beschützen. Er war sehr glücklich und wußte: Sie wird mir ganz gehören. Das Blut stieg ihm in den Kopf. Er mußte sich setzen, und dann kam ihm in den Sinn: Wohin?

Diese Frage wollte nicht schweigen. Fritz übertönte sie dadurch, daß er aufsprang und Vorbereitungen machte. Er legte ein wenig Wäsche und ein paar Kleider zurecht und preßte die ersparten Guldenscheine in das schwarze Ledertäschchen. Er war voll Eifer, schob ganz unnütz alle Laden auf, nahm Gegenstände und trug sie wieder an ihren alten Platz, warf die Hefte vom Tische in irgend eine Ecke und zeigte seinen vier Wänden mit prahlerischer Deutlichkeit: Hier ist Auswanderung. Schluß.

Mitternacht war vorbei, als er am Bettrand niedersaß. Er dachte nicht ans Schlafen. Angekleidet legte er sich hin, nur weil ihn, wahrscheinlich vom vielen Bücken, der Rücken schmerzte. Er dachte noch einigemal: Wohin? und sagte laut: »Wenn man sich wirklich lieb hat...«

Die Uhr tickte. Tief unten fuhr ein Wagen vorbei, und die Scheiben zitterten davon. Die Uhr, die noch von den Zwölfschlägen müde war, atmete auf und sagte mühsam »Eins«. Mehr konnte sie nicht.

Und Fritz hörte es noch wie aus weiter Ferne und dachte: Wenn man sich... wirklich......

Aber im allerersten Morgengrauen saß er fröstelnd in den Kissen und wußte bestimmt: Ich mag Anna nicht mehr. Sein Kopf war so schwer: Ich mag Anna nicht mehr. War das ihr

Ernst? Um ein paar Schläge auf und davon laufen. Wohin denn? Er sann nach, als hätte sie's ihm anvertraut: Wohin wollte sie denn? Irgendwohin, irgendwohin. Er empörte sich: Und ich? Ich sollte natürlich alles im Stiche lassen, meine Eltern und – alles. Oh und die Zukunft, das Hernach. Wie dumm das war von Anna, wie häßlich. Ich möchte sie schlagen, wenn sie das imstande wäre.

Wenn sie *das* imstande wäre.

Als ihm die frühe Maisonne, so recht hell und heiter, in die Stube kam, hoffte er: Sie kann es nicht ernst gemeint haben. Er beruhigte sich ein wenig und hatte viel Lust, im Bett zu bleiben. Allein er sagte sich: Auf den Bahnhof will ich gehen, und sehen, daß sie nicht kommt. Und er malte sich die Freude aus, wenn Anna nicht kommt.

Fröstelnd in der frühen Frische und mit großer Müdigkeit in den Knieen ging er auf den Bahnhof. Die Vorhalle war leer.

Halb ängstlich, halb hoffnungsvoll hielt er Umschau. Keine gelbe Jacke. Fritz atmete auf. Er durchlief alle Gänge und Säle. Reisende gingen verschlafen und teilnahmslos auf und nieder, Gepäcksdiener lümmelten an hohen Säulen, und Leute aus der untersten Klasse saßen verdrossen, an Bündel und Körbe gelehnt, auf staubigen Fensterbänken. Keine gelbe Jacke. Der Portier rief irgendwo in einem Wartesaal Ortsnamen. Er läutete mit einer schrillen Glocke. Dann schnarrte er dieselben Ortsnamen ganz nah und dann noch einmal auf dem Bahnsteig. Und immer läutete davor die häßliche Glocke. Fritz wandte sich und schlenderte, die Hände in die Taschen bohrend, in die Vorhalle des Bahnhofes zurück. Er war sehr zufrieden und dachte mit Siegermiene: Keine gelbe Jacke. Ich wußte es ja.

Wie im Übermut trat er hinter eine Säule. Er wollte den

Fahrplan studieren, um zu erfahren, wohin denn dieser verhängnisvolle Sechsuhrzug eigentlich führe. Er las mechanisch die Stationen und machte ein Gesicht wie einer, der eine drollige Treppe besieht, auf der er fast gestürzt wäre. Da klappten schnelle Schritte auf den Fliesen. Als Fritz aufschaute, erhaschte sein Blick eben noch an der Perrontüre die kleine Gestalt in der gelben Jacke und dem Hute, auf welchem eine Rose schwankte.

Fritz starrte ihr nach.

Dann überkam ihn eine Furcht vor diesem schwachen, blassen Mädchen, welches mit dem Leben spielen wollte. Und als bangte er, sie könnte kommen, ihn finden und ihn zwingen, in die fremde Welt zu fahren, raffte er sich auf und lief, so schnell er konnte, ohne sich umzusehen, der Stadt zu.

1896/97

Eine Tote

Psychologische Skizze

San Remo, im März 189..

Mein guter, guter Alfred!

Lang war mein Schweigen. Verzeih! Drei Deiner lieben Briefe muß ich heute in Einem beantworten. Sei bedankt. Sie taten mir so wohl. Die zarte, innige Besorgnis, die in Deinen Zeilen liegt, ist Balsam. Ich bin ja so einsam und so müd. – Es ist sonderbar um mein Leiden. Ich bin abgespannt, meine Glieder sind wie zerschmettert; Stunden aber gibts, da glimmert dieser Funken, den sie Leben nennen, wieder auf. Er wird zur Flamme. Lodernd leckt sie empor und ich fühle Kraft, Gesundheit, Zuversicht!.... Dummheit. – Der Arzt... ich will nicht vom Arzte reden. – Aber manchmal ist es sehr schlimm. Die Atembeschwerden, weißt Du, die.... Da spür ich manchmal wie die Luft drückt. Schrecklich schwer, sag ich Dir. Und dieser Husten. So langsam kriecht er herauf aus der Brust und dann schnellt er empor und packt mich an der Kehle...

Ich sitze auf der Veranda meines Hauses. Die blaue Luft streicht warm, feucht und golddurchwoben vom Meere. Duftige Sträucher schicken ihren Odem den Hang herauf. Ein Anblick voll Glück, Licht und Leben! Und ich schaue mit großen Augen in das volle, flimmernde Blau; und meine Gedanken... Meine Gedanken kehren jetzt immer häufiger zu einer Begebenheit zurück, die ich bisher in meiner Brust verborgen gehalten habe. – Es ist wohl ein Jahr her. – Du weißt, daß ich mich im Frühjahr in einem jener kleineren Bäder Böhmens, deren Besuch im Mai beginnt, aufgehalten habe. Ich war damals gesund, oder glaubte es doch zu sein. – Dort ist mir in W. etwas begegnet, was jene Schwermut in meine Seele gesenkt hat, die Du an meinen Briefen rügst, und die Du gewiß meiner Krankheit zuzuschreiben geneigt bist. Es war... doch Du wirst ja sehen. Ich habe Dir in meinen besseren Stunden alles kurz aufgezeichnet. Ich will kein Geheimnis vor Dir haben. Nicht sterben, ohne... Es kann ja kein Mensch wissen, wann er stirbt! Heut oder morgen und wenn die Sonne noch so hell scheint, und die Luft noch so klar und blau ist... Das kommt... Unsinn! Grüß mir die Deinen! Schreibe bald. Gott schirme Dich!

Dein

Gaudolf

Ich war den dritten Tag in W. Wenige Leute nur waren erst da. Man konnte die weiten Nadelwälder durchschreiten, sicher, niemandem zu begegnen, als ein paar ehrerbietigen Bauersleuten. Wälder sind meine Freude. Früh nachdem ich einen kargen Imbiß genommen, stieg ich die wurzelgeäderten Pfade hinan, kreuz und quer, und verlor mich bald in der reichbelebten Wildnis. Ich erfreute mein Auge an den mächtigen Farren, unter denen wie unter einem Malachit-Baldachin züchtige Blumenprinzessinnen thronten, ich betrachtete das winzige Geschlecht, das da den grünen Moosboden bevölkerte und mit tätigem Eifer her und hin hastete, und mein lichtes Auge folgte dem neckischen Eichkätzchen, das im kühnen Sprunge Ast mit Ast verband, und sich, durch den Tritt des Wanderers aufgeschreckt, in dem höchsten Wipfel der ragenden Tanne verbarg. Nachmittags spät kehrte ich erst von meinen Wanderungen zurück, nachdem ich in einer Bauernhütte mit leidlich derbem Mahle mich gestärkt hatte.

Zweimal schon war mir auf diesen einsamen Wanderungen ein Mädchen begegnet. Ein seltsames Mädchen. Sie ging immer allein und sobald sie an mir vorüberkam, hob sie die grauen, übergroßen Augensterne empor und schaute mich mit stillen halbverschleierten Blicken an. Diese Augen kann nie vergessen, wer sie einmal gesehen. Es lag etwas Weltverlorenes, überirdisch Ernstes darinnen. So etwa wie Gabriel Max seine Büßerinnen und Heiligen malt. Die Lippen hielt sie fest geschlossen, das verlieh dem durchscheinend bleichen Gesicht einen Zug von Härte, von... Ich weiß nicht wie es kam; dieses Antlitz schwebte mir vor, wenn ich nachts in dem ungewohnten Gastzimmer erwachte. Bei der Tür, dort wo die Klinke im Scheine meines Nachtlichts schimmerte, hob sichs empor, und ich sah den Ernst dieses Gesichtes und die ganze schlanke Gestalt in dem anliegenden, schlichten Tuchkleid langsam auf mich zukommen. Mich schauderte...

Sie wohnte im selben Hause. Mit ihren Eltern, sagte der Wirt. Dann tat er ein recht verschmitztes Gesicht und schwieg plötzlich, als ob ihm ein Wort hinter den gelben Zähnen stände, das er nicht frei lassen wollte. Dann aber faßte er Vertrauen. Er neigte sich zu mir. – »Nicht wahr, Sie sagens nicht weiter, Herr... Das Fräulein ist so ein bißchen, wissens, was man so sagt, nicht ganz bei Vernunft – sie...« Sein Redestrom hätte jetzt nicht so bald ein Ende genommen, hätte nicht die Ankunft eines neuen Gastes ihn unterbrochen.

Ich sprach kein Wort und ging. Sollte es wahr sein? Die Augen....

Ich mußte dieses Wesen kennen lernen. Zu diesem Zwekke beschloß ich dem gemeinsamen Mittagessen der Gäste anzuwohnen. Ein wohlwollender Zufall begünstigte mich. Ich kam gerade neben den Vater des Mädchens, einen älteren Bureaukraten mit gutmütigen, weichen Zügen zu sitzen. Er selbst begann das Gespräch. Neben ihm saß das Mädchen, dann ihre Mutter. Sie konnten hören was wir sprachen. Über W. im Allgemeinen. Sie stammten aus einem kleinen Städtchen Südsachsens, wo der Vater die Stelle eines Magistratsrates, glaub ich, bekleidete. Der Tochter wegen seien sie hier; die solle die Kaltwasserkur gebrauchen. Die Mutter bestätigte das mit ein paar Worten. Dabei erfuhr ich ihren Namen – Felice. Ich wandte mich an die Tochter: »Wie gefällt es Ihnen hier, gnädiges Fräulein?« Sie schwieg und schaute über mich hin, als durchdränge sie mit diesen tiefen, grauen Augen alles Körperliche. Die Mutter flüsterte ihr etwas zu, was ich nicht verstand. Sie schüttelte den Kopf. Die Mutter wiederholte scheinbar ihre Aufmunterung. Felice sagte leise, sehr leise, aber mit weicher, edler Stimme, wie ein Kind, dem man einen Satz vorsagt: »Danke, gut.« Der Magistratsrat verwickelte mich angelegentlich in ein Gespräch über Kanalbauten; das Essen war beendet. Ich erhob mich. Im Auge der Mutter glänzten Tränen. Sie winkte ihrem Gemahl zu. Der zog mich, nachdem die wenigen Gäste den Saal verlassen hatten, in eine Fensternische. »Mein Herr«, sagte er und seine Stimme zitterte, »unser armes Kind hat seit Jahren ein Gehirnleiden, verzeihen Sie ihr sonderbares Benehmen. Wir reisen von Bad zu Bad. Sie werden mein Vertrauen nicht mißdeuten. Das arme Kind!« Der Vater kämpfte mit den Tränen. »Ein entsetzlicher, unglaublicher Wahn...« Der Wirt trat ein und kam auf uns zu. Der alte Herr verstummte. Er drückte mir die Hand, daß es mich schmerzte, und verließ mit hallenden, matten Schritten den Saal.

Ich habe mit Felice gesprochen. Das kam so. Auf einem meiner einsamen Morgengänge traf ich sie wieder. Sie ging wie immer ihres Weges, blickte auf und blieb stehen, als sie meiner gewahr wurde. Eine Weile schaute sie mich regungslos an; dann zuckte es wie eine jähe Erinnerung durch ihr Gesicht. – Vernehmlich sprach sie die Worte, die man ihr neulich vorgesprochen: »Danke, gut!« ... Ich erschrak. Also doch! Aber schnell faßte ich mich und sagte: »Sie suchen wie ich, Fräulein Felice, einsam den Wald auf, den herrlichen Wald.« – »Den herrlichen Wald«, wiederholte sie fast tonlos; aber ihre Brust hob sich unter dem grauen Kleide und in ihrem Auge wogte eine Flut von Farbe und Licht. Dann ging sie weiter und ich neben ihr. Wir sprachen nichts. Ich gab mich der Weihe des Waldes und dem geheimnisvollen Zauber des schönen jungen Wesens hin, das da so ernst neben mir einherschritt. Ein Feldblümchen wucherte am Rande. Ich brach es und reichte es dem Mädchen hin. Sie nahm es, beschaute es mit traurigem Blick, zerriß dann, wie einem augenblicklichen Unmut gehorchend, den dünnen grünen Stengel, der leise stöhnte. Dann machte mir Felice eine abwehrende Bewegung und verschwand wegabseits in den dichten hohen Stämmen. Ich wagte nicht ihr zu folgen. Noch erkannte ich das graue Kleid in wechselndem Licht zwischen den dunklen Baumriesen, dann war sie ganz meinen Blicken entzogen.

So trafen wir uns einige Male. Sie schien Vertrauen zu mir zu fassen. Sie stimmte, wenn ich die Landschaft bewunderte, oder das köstliche Aroma der tannenduftenden Luft pries, leise ein. Schon *das* war mir Genugtuung. Auf einem dieser Gänge sagte ich zu ihr: »Fräulein Felice, sehen Sie die Blumen, wie froh die blühen, hören Sie den Gesang der Vögel, die Stimmen der Quellen ... All das ermahnt zum Frohsinn und Sie sind so traurig?« Als ich aufschaute bemerkte ich, wie mich das Mädchen groß und fragend anblickte; dann bedeckte sie das Gesicht mit den Händen und weinte,

weinte, daß mir ganz weh zu Mute ward. An diesem Tage sprachen wir kein Wort mehr.

Seither war eine Woche vergangen. Vergebens hatte ich auf meinen Wanderungen die liebe, gewohnte Begegnung erhofft, auch im Speisesaale fand sich Felice nicht ein. Sie sei ein wenig unpaß, sagte der Rat und die Mutter hatte rote Augen. –

Endlich traf ich sie wieder. Sie kam auf mich zu und sagte: »Sie haben mich heute gefragt... oder nicht heute...« Ich fühlte ihre Verlegenheit, die Vorstellung der Zeit hatte sich ihr verwirrt... »Ich habe gefragt«, ergänzte ich, »Fräulein Felice, warum Sie so traurig sind?« – Nie werde ich vergessen, was jetzt folgte. Das Mädchen trat einen Schritt zurück, sie hob den Kopf, ihre ganze Gestalt schien höher, übergroß, das Auge nahm eine eisige Starrheit an, und durch die blassen Lippen hauchte es, ohne daß sie sich regten: »*Ich bin tot.*« –

Unwillkürlich tat ich ein paar Schritte zurück. Und wie sie jetzt mit unmerklichen Tritten langsam auf mich zukam, da war mir wirklich, als ginge von dieser Gestalt ein Moderduft aus, so kalt, so schrecklich. Aufgeschrieen hätt ich wie ein Kind am liebsten. Ich ermannte mich. Ein Schauer ging mir über den Rücken. – Aber ich folgte ihr. Bis zu ihrer Wohnung geleitete ich sie. Wir sprachen kein Wort. Mir war entsetzlich zu Mute. Ich hatte Fieber, gewiß. – Die Nacht hindurch quälten mich irre Träume. Morgens erwachte ich matt mit schwerem, wüstem Kopfe.

Jetzt sahen wir uns häufiger. Oft saßen wir stundenlang neben einander auf einer Moosbank; ich erzählte ihr Geschichten. Sie hörte sehr aufmerksam, fast ängstlich zu. Ich trachtete sie möglichst durch heitere Ereignisse zu ermutigen. Dann sagte sie mir: »Du, (seit ein paar Tagen bediente sie sich immer dieses vertraulichen Wortes) weißt du das sicher?« Und wenn ich bejahte: »Ja, aber das waren Menschen, wirkliche lebende Menschen, aber ich bin ja tot, lange tot...« Dann mochte ich sagen, was ich wollte, sie blieb still – und ernst.

Einmal als sie meine Erzählung wieder mit diesen entsetzlichen Worten abgebrochen hatte, wagte ich die Frage: »Felice, wann bist du gestorben?« »Wann?« wiederholte sie und ihre Augen nahmen wieder jene Starrheit an, ihr Körper verlängerte sich... Dann aber zuckte sie zusammen, setzte sich an meine Seite und sagte mit kindlichem, rührendem Zutrauen: »Wenn ich es noch weiß, sollst du's wissen: Ich war ein Kind, ein kleines Kind, weißt du. So ein Kind, das mit Puppen spielt, Ball wirft und sich an Blumen freut. Das sind viele, viele tausend Jahre her. Ich hatte keine Geschwister, aber ein paar frohe, muntere Spielgenossen, die Marie, die von Bergers«, sie sagte das leise und zählte in kindischer Weise an den Fingern, »die Elsa, die Lene, Gretchen, Kurt, Hans«, beim letzten Namen zögerte sie und brach dann in heftiges Schluchzen aus. Ich konnte sie mit Mühe beruhigen. Dann lächelte sie wieder. »Mutter«, sagte sie mit den Mienen eines entzückten Kindes, »hat mir immer gar schöne Sachen gegeben, Püppchen, so ganz kleine, weißt du, mit wirklichen Schuhen und goldigen Haaren, aber«, über ihr Gesicht floh ein tiefer Schatten, »damals war ich ja noch lebendig und jetzt, jetzt bin ich tausend Jahre tot, tausend Jahre.« Ihr Wort erstarb tonlos. Mich schauerte.

Felice aber fuhr fort: »Wir spielten immer zusammen. Alle wir Kinder. Wir pflückten Blumen... Blumen...« Sie schien nachzusinnen; dann schüttelte sie mit dem Kopfe: »Ich muß dirs sagen. Es war im Herbst. Ein grauer, grauer Tag drückte auf die Welt. Du mußt zu Hause bleiben, sagt die Mutter.

Aber die Uhr tickt so einsam; und die Bilderbücher habe ich so oft gesehen, so oft… und die Mutter geht in die Küche. Ich schlüpfe hinaus in den Garten. – Leicht, daß ich einen von den Gespielen seh'… Richtig, dort steht Hans zu Seiten des Gesträuches. Mein Schritt klatscht auf dem durchnäßten Boden; – er soll mich nicht hören. Pst!… also auf den Spitzen… so, so… hinters Gebüsch… ein feiner Regen sticht mich in die Augen. Hans bemerkt mich nicht. Er hält etwas in der Hand. Ich schau deutlich: ein Vogel, ein kleiner, lieber Vogel. Was tut er? Er streichelt ihn wohl, so denk ich. Da hör ich piepsen. Piep… Piep… hörst du's?« Sie faßte mich bei der Hand. »Das klingt so bang; und die Luft war so grau und ich bieg' die Äste weg… und da, da…« Felice war aufgesprungen, sie stieß die Worte in atemloser Erregung hervor und starrte auf einen Punkt, als stünde dort der Knabe. »Da siehst du, siehst du, er drückt dem kleinen, armen Vogel beide Daumen an die Kehle, der schreit und flattert. Hans aber lacht, siehst du's, wie er lacht. Und er drückt zu… und ich will schreien und kann, kann nicht… Der kleine Vogel reißt den Schnabel weit auf, weit – – – dann fällt das Köpfchen herab…. da, da zuckt mirs so da, da durch«, sie fuhr nach dem Herzen, »und da – bin – – – ich – – – gestorben.« – Ihr Wort ging tonlos aus. Sie ließ sich neben mir auf die Bank fallen. Ihre Augen waren geschlossen. Kein Atemzug hob ihre Brust… sie lag neben mir, ein entsetzliches Bild des bleichen, bleichen Todes…

Wir saßen selbander auf der Moosbank. Es war einer jener herrlichen Frühsommertage, wo die Welt eine große volltönende Hymne scheint, die die Schönheit preist des wahren wonnigen Lebens. Der Wald schien ein Tempel, auf dessen stämmigen Säulen die unendliche Decke in blauender Klarheit ruhte; der Wind bewegte mit zartem Hauche die

Zweige und aus dem Tannicht stieg des berückenden Duftes schmeichelnder Weihrauch. Stille. Mir war, als ginge an uns vorbei auf dem moosumrandeten Pfade eine gute, milde, segenstreuende Gottheit, der die Menschen zu opfern vergessen, einsam dahin. Ich glaube es war ein Gebet, das mir in der Seele erwachte, tief, tief, ein Gebet zu diesem unbekannten, übermenschlichen Wesen des Waldes, das bis auf die Lippen sich rang. Ich flehte, es möchte das holde Weib neben mir aus der schrecklichen grauen Umnachtung aufwachen und rings um sich freudig den Odem des lieben, lebendigen Lebens ahnen und fühlen... Hatte ich laut gesprochen? Das Mädchen legte die Hand sanft auf die meine und blickte mich an so traurig, daß mein Herz aus dem Taumel der Freude jäh auffuhr... Es würgte mir die Kehle. Ich wollte etwas sagen, ermuntern, trösten. Das Wort erstarb. Wir schwiegen. – Vor uns lag der weite sonnendurchflutete Wald. Lustige Lichter hüpften in übermütiger Hast hin über den Moosgrund und erloschen ferne im Dunkel verdämmernder Stämme. – Ich starrte vor mich auf den Weg. Da hüpfte gegenüber aus dem Dickicht ein kleiner, kecker Vogel geradenwegs auf uns zu. Er sprang hin über den Kiespfad, badete das graue Gefieder in der glühend durchsonnten Sandflut und kam auf uns zu, dicht bis an unsere Füße. Ich bemerkte, daß Felice aufmerksam das niedliche Tierchen verfolgte, wie ihre Züge heller und heller wurden. Ja, wahrhaftig sie lachte... So hatte ich sie noch nie gesehen. Ich erinnerte mich, daß ich ein paar Brosamen in der Tasche trug, die streute ich nun dem zutraulichen Gaste hin, und er pickte sie auf und drehte sein Köpfchen nach rechts und nach links und neigte sich wieder zur Erde. – Das Mädchen neben mir legte behutsam die Hand auf meine Schulter und wandte den Kopf mir zu. Ich sah ihr in die Augen. Aber wie war mir, die Schleier, die trüben, verhüllten nicht mehr die grauen, tiefen Lichtsterne; sie strahlten in so unsagbarem Glück auf, daß es mich wie ein holder, jauchzender Wahnsinn packte: »Felice«, schrie ich, »du lebst«, und drückte das bebende Weib in seliger Sehnsucht an mich. Sie schwieg. Sie hielt mich fest umschlungen, dann riß sie sich los, begrüßte mit klaren Blicken des innigsten Dankes Himmel, Licht, Sonne und Dasein, eilte in meine Arme zurück und weinte, das Köpfchen an meine Schulter gepreßt, erlösende Tränen der Freude. Glücklich wie Kinder schritten wir beide heimwärts und es war des Jubels kein Ende, gar erst, als die bangen Eltern das entzückende Wunder vernahmen.

Felice war genesen. – – –

Erlaß mir von der Zeit zu sprechen, die jetzt folgte; laß mich kurz enden. Es war eine Zeit namenlosen Glückes. Ich müßte die Sprache der Himmel reden, um dir diese Wonnen zu schildern. Das holde Wesen zu sehen, das in kindischer Freude das flutende Leben begrüßte, die kleinen Freuden der Natur, an denen wir verwöhnt und gefühllos vorübergehen, mit bebendem Busen und flammendem Blicke genoß, und das jetzt im unschuldsreinen Herzen mit mädchenhafter Scheu das heilige Geheimnis nie geahnter Liebe aufkeimen fühlte...

Das schreckliche Gespenst, dem ich zum Opfer falle, und dessen Nahen ich von Kindheit auf fürchtete, trat damals zuerst an mich heran. Ich fühlte Beschwerden, spuckte Blut. Die Ärzte schüttelten den Kopf: Nach Süden, nach Süden. Lange verschwieg ichs Felice, die meine Braut geworden war. – Endlich überfiel mich einmal in ihrer Gegenwart der Husten. Sie scherzte erst. Ich winkte ihr zu gehen. Da ward sie ängstlich. Sie blieb. Als ich mich von meinem Anfall erholt hatte, gestand ich: – Daß ich sie nie heimführen dürfe, daß.... was weiß ich was Alles... Sie lag schluchzend in meinen Armen. Ich weinte auch. Spät trennten wir uns. Entsetzlicher Abend! Als ich sie zur Tür geleitete, war es schon dunkel. Und da, wie sie so vor mir stand, da legte sich wieder der trübe Nebelhauch schrecklicher Starrheit über die fluttiefen großen Augen, ihre Gestalt wuchs, die Hand in der meinen ward eiskalt, und ein Moderhauch schien von ihr auszugehen...

Damals sahen wir uns zum letzten Mal. Den nächsten Tag reiste ich ab. Der Rat war beim Wagen. Felice schickte ein Briefchen. Ich nahm es zu mir, bat ihr meinen letzten Gruß zu bringen und riß mich endlich aus den Armen des alten Mannes. Im Coupé erst wollte ich Felice's Zeilen lesen. Ich war noch zu erregt. – Ich hatte im Zuge Platz genommen. Als das Hin- und Herlaufen der Reisenden vorüber und ich in meinem Abteil allein geblieben war, nahm ich das teuere Kleinod vor. Ich las nur die Worte... »Leb wohl, ich muß zum zweiten Male sterben!«... Ein schreckliches Ahnen ergriff mich. – Ich mußte zurück. Ewigkeiten schienen mir die Minuten bis zur nächsten Haltestelle. Endlich! »Wann geht der Zug zurück?« »In zwei Stunden!« – Da tritt der Stationschef auf mich zu: »Sind Sie Herr M....?« ...Ich nickte, zu sprechen vermag ich nicht. – Ich sehe, wie er ein Telegramm hervorzieht. Mechanisch öffne ich: »Felice beim Teich abgerutscht, – alles vorüber. Gott stärke uns...«

1896

Ihr Opfer

Sag! Bist du schon mal an einem Spät-Septembermorgen eine mittelböhmische Landstraße gegangen? – Der niedere, nebelschwangere, beengende Himmel scheint wie ein schmutzig graues Zeltdach auf die verkümmerten, fahlen Roßkastanien gespießt, welche die nußfarbige, von tiefen Räderrinnen gerunzelte Straße umgrenzen. Die rote Sonne hat ihr dunsttrunkenes Gesicht in dichte Schleier gehüllt; ein paar irre Strahlen huschen über die Wolkenwand und randen den Straßenkot mit gelben, dünnen Strichen. Ein mißmutiger Wind wälzt gelbe Blätter hin und wider und zerwirbelt den fadenscheinigen Rauch, der aus fernen Dorfdächern kriecht, – das ist ein Bild von unsäglicher, unbeschreiblicher, hilfloser Wehmut. – Wenn ich dies Bild denke, fühle ich einen großen Schmerz in der Nähe meines Herzens. Es zuckt dort etwas zusammen – und zerrt, zerrt bis mir die Tränen in den Augen brennen...

Dasselbe Gefühl ist in mir wach – wenn ich an das arme Weib denke, dessen Geschichte ich dir erzählen will.

Höre!

Die Dichter preisen die Liebe; und es muß doch etwas sein um ihre Macht. Ein Strahl der Sonne ist sie, der verklärt – sagen diese, – ein Gift, das berauscht, sagen jene. Und wirklich, ihre Wirkungen sind denen des Lustgases ähnlich, das der Arzt vor einer schweren Operation dem zitternden Kranken einflößt, – der Leidende vergißt den wühlenden Schmerz...

Agnes hatte auch alles Ungemach vergessen, – seit Wochen. Seit sie Hermanns Weib geworden war. – Waren es denn wirklich Wochen? – War es nicht vielmehr ein einziger lustschäumender Augenblick unnennbaren Glückes? Jene Zeit, wo Millionen neuer, süßer, geheimnisvoller Empfindungen im Herzen des Weibes – wie Elfen aus mondgeküßten Blüten – aufsteigen; wo die Jungfrau selbst zitternd staunt vor der Fülle der Gefühle, die in ihrem Innern ruhten, und wo ihr Auge glänzt wie eine heilige, ewige, erlösende Gottesverheißung.

In jener Zeit dämmert keine Frage auf in ihrer Brust, keine Sorge, kein Bangen bewölkt den Spiegel ihrer Seele. Sie lebt eine einzige, große, jauchzende Gegenwart, die keine Vergangenheit kennt, vor keiner Zukunft erbebt.

Und diesen süßen Rausch der ersten wonnigen Wochen schloß das verklärte Weib in ihr keusches Herz – und nahm ihn mit in die kommenden Jahre. –

Zwei Jahre. – Alles war anders geworden. Hermann war kalt und streng, teilnahmslos und geistesabwesend. – Seine stürmische Künstlerseele hatte rasch den Schaum der Liebesbegeisterung geschlürft – und das Weib war ihm nun nichts mehr – als ein Becher mit schalem, abgestandenem Tranke gefüllt.

Sie wußte es; der Rausch war vorüber. Sie sah schrecklich klar. – Sie wußte, daß sein Lächeln Mitleid war, seine seltene Schmeichelei Erbarmen, sein hauchender, tonloser Kuß Gewohnheit. –

Sie wußte es – und sie verzieh.

Sie wußte aber auch, daß er schuldlos war. – Was sie ihm geben konnte – hatte sie gegeben. Er durfte nichts mehr erwarten. – Dieselbe Liebe, dieselbe Zärtlichkeit Tag für Tag, in derselben Weise. Mußte das nicht seine Künstlerseele zwängen und ängsten?

Wie war ihr dieser Gedanke gekommen? –

Erst wollte sie nicht an ihn glauben. – Aber doch – doch je öfter sie ihn dachte, desto natürlicher – selbstverständlicher – ja notwendiger schien er ihr.

Und sie gewöhnte sich daran. –

Das quälte sie nicht mehr.

Aber eine andere Qual wich nicht von ihr.

Hermann war so gut.

Sie wußte, er würde nie im Stande sein, ihr zu sagen: Geh! – Du hältst mich in Fesseln! Ich empfinde dich als Zwang! Geh!

Und doch fühlte sie im tiefsten Innern, zagend wie ein bei Bewußtsein Sterbender den Griff des Todes fühlt, – daß er so zugrunde gehen müsse. Daß diese Bande seine Schaffenskraft hemmen müßten, seine Geistesfrische zerstören. Daß heut oder morgen an Stelle der rege wechselnden Gedanken jene trübe, verbitterte, stumpfe Sinnesträgheit treten müsse, wie sie jungen Leuten eigen wird, die der frömmelnde Wunsch der Mutter in einem Seminar begrub.

Niemehr verlor sie dieses Gefühl.

Es begleitete sie bei den wenigen Pflichten des Tages – und saß an ihrem Bett in endlosen, wachen Nächten.

Und in einer solchen reifte ihr ein Entschluß.

Zuerst machte er sie zittern.

Sie schloß die Augen.

Der Entschluß aber reifte und reifte.

Es war kein heilsamer, gesunder Vorsatz.

Er wuchs wie ein gräßliches Geschwür, das der Arzt mit Salben und Verbänden zurückgedrängt, und das nun umso furchtbarer nach innen ausbricht. –

Und an einem sonnigen Morgen nahm sie sich ein Herz.

»Hermann?!«

Hermann wandte sich ihr zögernd zu.

»Ich möchte dir etwas anvertrauen…«

»Anvertrauen? – Bitte…«

»Komm näher« – und sie legte den Arm leise um seinen Hals und flüsterte hastig mit heißem Erröten:

»Hermann! Ich fühle – ich weiß – daß ich dir bald ein Leben schenken – opfern… werde…«

Der Mann hob erstaunt den Kopf.

»Ein Leben – ein Kind!« schrie er in jauchzendem Jubel.

Agnes erschauerte.

Hermann aber zog sie leise und innig an sich.

»So soll mein Wunsch sich erfüllen – unser Wunsch…« liebkoste er.

Sein armes Weib war außer Stande, ein Wort zu reden.

Als er eine Stunde später im Atelier saß, kam ihm unvermittelt bei: Wie sonderbar sie dies gesagt hatte – ein Leben schenken – opfern – was hatte sie ›opfern‹ hinzugefügt? – Aber er vergaß wieder darauf.

Fast schien es, als sollten jene Wochen wiederkehren; jene ersten sonnigen, klaren Wochen.

Hermann war ganz Fürsorge und Liebe.

Sein Kuß ward wärmer – sein Wort inniger.

Das war Balsam für den schrecklichen Entschluß. So glaubte Agnes anfangs. Aber nein. Das alles galt ja doch dem dritten Wesen, das er erhoffte – dem Kinde – und wenn.....

Sein, Hermanns Empfinden war ja doch tot; – dies war nur seiner Liebe – Allerseelentag.

Er war so gut.

Ja, und eben deshalb mußte sie ihn befreien. Von sich selbst befreien.

Ein kalter Herbstmorgen. Hermann saß fröstelnd im Atelier. – Er preßte eine Zigarette zwischen den Zähnen, während er malte. Ihr scharfer Rauch stieg ihm in die Augen und machte ihn unaufhörlich blinzeln.

Draußen war es noch nicht allzuhell. Ein perlgrauer Sprühregen taumelte durch die Luft.

Die Arbeit wollte nicht von der Hand.

Plötzlich horchte Hermann auf.

Lärm im Vorraum.

Harte, gemeine Stimmen.

Im nächsten Augenblick stürzte der alte Diener herein.

»Jesus Maria!« schrie er und rang die Hände.

Hermann fuhr auf.

Da trugen vier Männer eben schon durch die weite Flügeltür eine schwarze Truhe.

»Von der Rettungsgesellschaft«, brummte einer im Geschäftston.

Ein anderer schlug das schwarze Lederlaken zurück.

Da lag Agnes – fahl und starr.

Die wasserschweren Haare hatten den Kopf seitwärts gezogen.

Die triefende Kleidung umschloß eng ihre Glieder.

Wie Verklärung sonnte es auf ihrer Stirne.

Hermann stand ohne sich zu rühren.

Jäh zuckte es durch seine Züge: ein Leben ... schenken ... opfern ...

Er brach bewußtlos zusammen.

1896

Im Vorgärtchen

Skizze

Was einem doch bisweilen für Gedanken kommen..... Gestern zum Beispiel. Sitze ich da wieder neben Frau Lucy im Vorgärtchen ihres Landhauses. Die junge blonde Frau mit den großen tiefen Augen schweigt, sieht zum atlasblanken Abendhimmel auf und weht sich Kühlung mit einem Brüsseler Spitzentuch. Und der Duft, der so prickelnd durch meine Nerven rinnt, kommt der von dem fächelnden Tuche her oder dort von dem Fliederstrauch?

»Dieser prächtige Flieder....« sagte ich – nur um etwas zu sagen. Denn das Schweigen ist ein heimlicher Waldsteg, auf dem verstohlene Gedanken hin und wider huschen. Also nur nicht schweigen!

Sie hatte jetzt die Augen geschlossen und den Kopf zurückgelehnt, so, daß das volle Abendlicht auf den fein geäderten Lidern lag. Die Nasenflügel bebten leise wie die Schwingen eines kleinen Falters, der an einer jungen Rose nippt. Ihre Hand lag zufällig auf der Armlehne meines Stuhles hart neben der meinen. Ich glaubte ihr leichtes Zittern in meinen Fingerspitzen zu spüren. – Nicht nur in den Fingerspitzen. Durch den ganzen Körper floß mirs bis zum Hirn und nahm mir alle, alle Gedanken – nur den einen nicht...... Und dieser formte und ballte sich wie eine Gewitterwolke im Gebirge: »Sie ist die Frau eines andern...«

Teufel auch! Das wußte ich doch längst. Und dieser andere war sogar mein Freund. – Aber heute kam mir dieser sonderbare Gedanke immer wieder und ich hatte ein Gefühl dabei wie ein Bettelkind, das zu den Herrlichkeiten im Zuckerbäckersschaufenster sehnsuchtsvoll hinüberstaunt........

»Worüber denken Sie nach, gnädige Frau?« – riß ich mich aus meinem Sinnen.

Sie lächelte: »Wie Sie ihm ähnlich sehen!«

»Wem?«

Sie wandte den Blick und setzte sich zurecht: »Meinem verstorbenen Bruder!«

»So. Ist er jung verstorben?«

Sie seufzte: »Sehr jung. Er hat sich erschossen. Der Arme! Er war ein prächtiger, braver Mensch. Warten Sie, nächstens zeig ich Ihnen sein Bild.«

»Hatten Sie mehrere Geschwister?« lenkte ich ab.

Sie schien kaum gehört zu haben. Ihr helles Auge lag mit verwirrender Ruhe auf mir. Groß wie ein ganzer Himmel.

»Der Zug um die Augen, dieser Mund...« – wie im Traume sagte sie das.

Ich bemühte mich ihr ruhig ins Gesicht zu sehen. Es war mir sehr schwer. Sie betrachtete mich lange. Dann rückte sie den Stuhl näher, und ihre Stimme hatte einen innigen, vertraulichen Ton, als sie von ihrem Bruder erzählte. Sie sprach leise, und ihr Haupt war mir so nahe, daß ich den Duft ihres blonden Haares spürte. Die lebhafte Erinnerung an Glück und Weh entflammte ihr Auge und belebte ihr Antlitz. Im Feuer der Erregung erschienen mir ihre Züge so bekannt, als wäre ich der teure Tote, dessen sie gedachte.

Diese Augen.... dieser Mund.... dachte ich – das ist *mein* Gesicht, nur veredelt, verfeinert.....

Und als sie endlich, ein Schluchzen in der Kehle, verstummte und das zarte Köpfchen in die Brüsseler Spitzen vergrub, da hätte ich rufen mögen: Ich bins! ich bins! Lebend genoß ich das Glück, von solch einem Weibe beweint zu werden....... und ich weiß nicht, wie's kam, ich strich ihr mit der Hand ganz leise über den abendroten Scheitel. Sie ließ es geschehen.

Dann hob sie die Augen, die voller Licht waren: »Wenn er doch lebte!« sagte sie nachdenklich. »Wir wären beisammen geblieben und ich hätte nie geheiratet...«

Ich horchte auf.

Und jetzt brach ihre Natur durch: Sie weinte heftig und stürmisch.

Ich sah wie die Sonne starb, und dachte: »Sie ist eines anderen Frau...«

Aber ihr Weinen übertönte diesen Gedanken.

Und ehe noch der Sonnenrand ganz hinter den violetten Hügeln versunken war, lag ihr Köpfchen an meiner Brust, und ihr wirres, goldenes Haar kitzelte mein Kinn. Und dann küßte ich der blonden Frau Lucy die tauhellen Tränen fort, und zugleich mit den ersten, blassen Sternen dort oben blühte ein Lächeln auf ihren roten Lippen....

....Als ich eine Stunde später ihrem Gatten an der Gartentür begegnete, bemerkte ich just da er mir die Hand entgegenstreckte ein Stäubchen an meiner Krawatte. Dieses Stäubchen! Ich verlor es nicht aus dem Auge und bemühte mich, es mit der einen Hand fortzuknipsen, während ich die andere hastig in seine legte. –

1896

Heiliger Frühling

Skizze

»Unser Herrgott hat sonderbare Kostgänger.« Das war das Lieblingswort des Studenten Vinzenz Viktor Karsky, und er wandte es in passenden und unpassenden Augenblicken stets mit einer gewissen Überlegenheit an, vielleicht weil er sich selbst im Stillen zu dieser Sorte rechnen mochte. Seine Genossen nannten ihn längst einen sonderbaren Kauz; sie schätzten seine Herzlichkeit, die oft an Sentimentalität grenzte, freuten sich an seinem Frohsinn, ließen ihn einsam, wenn er traurig war, und duldeten seine ›Überlegenheit‹ mit gutmütigem Vergeben.

Diese Überlegenheit Vinzenz Viktor Karskys bestand darin, daß er für Alles, was er tat oder unterließ, einen glänzenden Namen fand und, ohne zu prahlen, mit einer gewissen gereiften Sicherheit Tat auf Tat legte, wie einer, der aus tadellosen Steinen eine Mauer baut, die für alle Ewigkeit stehen soll.

Nach einem guten Frühstück sprach er gerne über Literatur, wobei er niemals tadelte oder verwarf, sondern nur die ihm angenehmen Bücher einer mehr oder minder innigen Anerkennung würdigte. Das klang dann wie eine allerhöchste Sanktion. Bücher, die ihm schlecht schienen, pflegte er überhaupt nicht zu Ende zu lesen, sagte aber dann auch kein Wort darüber, selbst wenn andere des Lobes voll waren.

Sonst hielt er sich gegen die Freunde nicht zurück, erzählte alle seine Erlebnisse, auch die intimer Art, mit liebenswürdigem Freimut und ließ es über sich ergehen, daß sie fragten, ob er nicht wieder versucht hätte, ein Proletarierkind ›zu sich emporzuheben‹. Man erzählte sich nämlich, daß

Vinzenz Viktor Karsky bisweilen solche Versuche unternehme. Dabei mochten ihm seine tiefen blauen Augen und seine einschmeichelnde Stimme wohl zu gar manchem Erfolge verhelfen. Immerhin schien er die Zahl dieser Erfolge rastlos mehren zu wollen und bekehrte mit dem Eifer eines Religionsstifters eine Unzahl kleiner Mädchen zu seiner Glückseligkeitstheorie. Am Abend begegnete ihm ab und zu einer der Genossen, wenn er, eine blonde oder braune Gefährtin leicht unter dem Arme führend, seines Lehramts waltete. Und die Kleine lachte dann gewöhnlich mit dem ganzen Gesicht, Karsky aber machte eine so wichtige Miene, als wollte er sagen: »Unermüdlich im Dienste der Menschheit.« Kam aber mal einer und erzählte, daß der oder jener »hängen geblieben« wäre und nun in die nette Sippschaft hinein heiraten müsse, wippte der erfolggekrönte Wanderlehrer seine breiten, slawisch-eckigen Schultern und sagte fast verächtlich: »Ja, ja, – der Herrgott hat sonderbare Kostgänger.« –

Das Sonderbarste an Vinzenz Viktor Karsky aber war, daß es Etwas in seinem Leben gab, wovon keiner seiner nächsten Freunde wußte. Er verschwieg es gleichsam vor sich selbst; denn er hatte keinen Namen dafür; und doch dachte er daran, sommers, wenn er einsam auf weißem Weg in einen Sonnenuntergang ging, oder wenn der Winterwind sich in den Kamin seiner stillen Stube bohrte und die Kerntruppen der Schneeflocken gegen das verklebte Fenster Sturm liefen, oder im dämmerigen Kneipstübchen sogar mitten im Freundeskreis. Dann blieb das Glas unberührt vor ihm stehen; er schaute wie geblendet vor sich hin, als blicke er in ein fernes Feuer, und seine weißen Hände falteten sich unwillkürlich, als wäre ihm ein Beten gekommen – ganz von ungefähr, wie einem das Lachen oder das Gähnen kommt.

Wenn der Frühling in eine kleine Stadt einzieht, so gibt das ein Fest. Wie die Knospen aus enger Haft, drängen goldköpfige Kinder aus der winterschwülen Stube und wirbeln ins Land hinaus, als trüge sie der flatternde laue Wind, der ihnen Haare und Röckchen zerrt und ihnen die ersten Kirschenblüten in den Schoß wirft. Und wie sie nach langer Krankheit ein altes, langvermißtes Spielzeug bejubeln würden, erkennen sie selig Alles wieder und begrüßen jeden Baum, jeden Busch und lassen sich vom jauchzenden Bache erzählen, was er all die Zeit getrieben. Und was für eine Wonne ist das, durch das erste grüne Gras laufen, das zage und zart die nackten Füßchen kitzelt, dem ersten Weißling nachhüpfen, der in ratlos großen Bogen über den kargen Holunderbüschen sich verliert ins endlose, blasse Blau hinein. – Überall regt sich Leben. Unterm Dach, auf den rotleuchtenden Telegraphendrähten und sogar hoch auf dem Kirchturm, hart neben der brummigen, alten Glocke, ist Schwalben-Stelldichein. Die Kinder schauen mit großen Augen, wie die Wandervögel die alten lieben Nester finden, und der Vater zieht den Rosenstöcken den Strohmantel und die Mutter den ungeduldigen Kleinen die warmen Flanellhöschen aus.

Auch die Alten kommen mit scheuem Schritt über die Schwelle, reiben sich die faltigen Hände und blinzeln ins flutende Licht hinaus, und nennen sich »Alterchen« und wollens nicht zeigen, daß sie glücklich und gerührt sind. Aber ihre Augen gehen über, und sie danken beide im Herzen: Noch einen Frühling.

An solch einem Tag ohne eine Blume in der Hand auszugehen, ist Sünde, dachte der Student Karsky. Und deshalb schwenkte er einen duftenden Zweig in der Rechten, als müßte er dem Frühling Reklame machen. Leichtschrittig und schnell, wie um früher dem dumpfig kühlen Atem der schwarz gähnenden Haustore zu entfliehen, ging er durch die alten, grauen Giebelgassen, winkte dem Wirt der Stammkneipe, der mit feistem Lächeln unter der breiten Einfahrt seines Gasthofs prahlte, und nickte den Kindern zu, die bei dem Schlag der Mittagsglocke aus der engen Schule wirbelten. Erst gings ganz sittsam zwei zu zwei, allein zwanzig Schritte von dem Schultor platzte der Schwarm in unzählige Teilchen auseinander, und der Student mußte an jene Raketen denken, die hoch im Blauen in lauter winzige Leuchtsterne und -kugeln aufgehen. Ein Lächeln auf den Lippen und ein Lied in der Seele, eilte er jenem äußersten Bezirke des Städtchens zu, wo teils behäbige, bäurisch aussehende Gehöfte, teils weiße Villenneubauten, von kleinen Gärtchen umrahmt, gar freundlich dreinschauten. Dort vor einem der letzten Häuser erfreuten ihn die hohen Laubengänge, über deren leichtgeschwungenem Gezweig schon ein grüner Hauch schimmerte, wie ein Ahnen künftiger Pracht. Am Eingang blühten zwei Kirschbäume, und das sah aus, als wäre eine Triumphpforte für den Frühling erbaut und als schrieben die blaßrosa Blüten ein leuchtendes *Willkommen* darüber.

Plötzlich schrak Karsky zusammen: Mitten in dem Blühen sah er zwei tiefblaue Augen, die mit ruhiger, schlürfender Seligkeit ins Weite träumten. Er gewahrte erst nur die beiden Augen, und ihm war, der Himmel selber schaute ihn durch die Blütenbäume an. – Er kam näher und staunte. Ein blasses, blondes Mädchen kauerte da auf dem mattfarbigen geblumten Lehnstuhl; ihre weißen Hände, die nach etwas Unsichtbarem zu greifen schienen, hoben sich hell und durchscheinend von der dunkelgrünen Decke ab, die Kniee und Füße umschloß. Die Lippen waren zartrot wie kaum erschlossene Blüten, und ein leises Lächeln umsonnte sie. So lächelt ein Kind, das in der Christnacht, das neue Holzpferdchen im Arm, entschlafen ist. So schön und duftig war das bleiche, verklärte Gesicht, daß dem Studenten auf einmal alte Märchen einfielen, an die er lange, lange nicht mehr gedacht hatte. Und er blieb stehen – unwillkürlich, wie er heute bei einer Wegmadonna stehen geblieben wäre, in dem Gefühl jener großen treuinnigen Sonnendankbarkeit, das *die* bisweilen überkommt, die das Beten verlernt haben. – Da begegnete sein Blick dem des Mädchens. Sie schauten sich in die Augen mit seligem Verständnis. Und halb unbewußt schleuderte der Student den jungen Blütenzweig über den Zaun, daß er mit sachtem Taumeln in den Schoß des blassen Kindes niederschwebte. Die weißen, schmalen Hände griffen mit zärtlicher Hast nach dem duftigen Geschoß, und Karsky genoß den leuchtenden Dank der Märchenaugen mit wonnigem Bangen. Dann schritt er weiter feldein. Erst als er weit im Freien war und der hohe Himmel mit feierlicher Stille über ihm lag, bemerkte er, daß er unablässig sang. Es war ein kleines, altes, seliges Lied.

Das hab ich mir auch oft gewünscht, dachte der Student Vinzenz Viktor Karsky, krank gewesen sein einen ganzen Winter lang, und wenn der Frühling kommt, langsam und mählich ins Leben zurückkehren. Vor der Türe sitzen mit staunenden Augen und so recht ausgeruht sein und so kindisch dankbar für Sonne und Dasein. – Und alle sind dann lieb und freundlich, und die Mutter kommt dem Genesenen jeden Augenblick die Stirne küssen, und die Geschwister spielen Ringelreihn und singen bis ins Abendrot. – Und er dachte das, weil ihm immer wieder die blonde kranke Helene einfiel, die da draußen unter dem blütenschweren Kirschbaum saß und seltsame Träume sann. Wie oft sprang er von seinen Arbeiten auf und eilte zu dem blassen, stillen Mädchen. – Zwei Menschen, die das gleiche Glück leben, finden sich schnell. Die Kranke und Viktor berauschten sich beide an der kühlen, duftigen Frühlingsluft, und ihre Seelen klangen denselben Jubel. Er saß neben dem blonden Kinde und erzählte ihm tausend Geschichten mit sanfter, kosender Stimme. Was aus ihm klang, war ihm selbst fremd und neu, und er lauschte mit entzücktem Erstaunen auf seine eigenen Worte, die so rein und voll waren, wie eine Offenbarung. Und es mußte wirklich etwas Großes sein, das er verkündete; denn auch Helenens Mutter, und das war eine Frau mit breiten, weißen Scheiteln, die gar manches gehört haben mochte in Welt und Wandel, lauschte oft wie andächtig, wenn er sprach, und einmal sagte sie mit unmerklichem Lächeln: »Sie müßten eigentlich ein Dichter sein, Herr Karsky.«

Die Genossen aber schüttelten nachdenklich die Köpfe. Vinzenz Viktor Karsky kam selten in ihren Abendkreis; kam er einmal, blieb er schweigsam, hörte weder ihre Scherze noch Fragen und lächelte nur so heimlich ins Lampenlicht, als lauschte er auf ein fernes, trautes Singen. Auch über Literatur sprach er nicht mehr, wollte nichts lesen und murrte, wenn man ihn ungestüm aus seinem Sinnen zerrte, ganz unvermittelt: »Bitt euch, der liebe Herrgott hat sonderbare Kostgänger.«

Darüber waren die Studenten aber einig, daß der gute Karsky nunmehr zu den allersonderbarsten gehörte; denn auch von seiner biederen Überlegenheit ließ er nichts mehr merken, und die kleinen Mädchen vermißten seine menschenfreundliche Lehrtätigkeit. Er war Allen ein Rätsel geworden. Traf man ihn mal des Abends in den Gassen, ging er allein, blickte weder rechts noch links und schien bemüht, den seligen, seltsamen Glanz seiner Augen so rasch wie möglich in sein einsames Stübchen zu tragen und dort zu bergen – vor aller Welt.

»Was du für einen schönen Namen hast, Helene«, raunte Karsky mit behüteter Stimme, als hätte er dem Mädchen ein Geheimnis anvertraut.

Helene lächelte: »Der Onkel schilt immer und meint, so sollten eigentlich nur Prinzessinnen und Königinnen heißen.«

»Du bist auch eine Königin. Siehst du denn nicht, daß du eine Krone trägst von eitel Gold. Deine Hände sind wie Lilien, und ich glaube, Gott hat sich sogar entschlossen, seinen teuren Himmel zu zerschneiden, um dir Augen zu machen.«

»Du, Schwärmer«, grollte die Kranke mit dankbaren Augen.

»So möcht ich dich malen können!« seufzte der Student auf. Dann schwiegen sie beide. Ihre Hände fanden sich unwillkürlich, und sie hatten die Empfindung, es käme eine Gestalt auf sie zu durch den lauschenden Garten, ein Gott oder eine Fee. Seliges Erwarten füllte ihre Seelen. Ihre dürstenden Blicke trafen sich wie zwei schwärmende Falter – und küßten sich.

Und dann begann Karsky, und seine Stimme war wie fernes Birkenrauschen:

»Das ist alles wie ein Traum. Du hast mich verzaubert. Mit jenem Blütenzweig hab ich mich dir zueigengegeben. Alles ist Anders. So viel Licht ist in mir. Ich weiß gar nicht mehr, was früher war. Ich fühle keinen Schmerz, kein Unbehagen, nicht einmal einen Wunsch in mir. – So hab ich mir immer die Seligkeit gedacht – das jenseits vom Grab ...«

»Fürchtest du das Sterben?«

»Das Sterben? Ja. Aber nicht den Tod.«

Helene legte ihm sanft die bleiche Hand auf die Stirne. Er fühlte, sie war sehr kalt: »Komm ins Zimmer«, mahnte er leise.

»Mir ist gar nicht kalt – und der Frühling ist so schön.«

Helene sagte das mit inniger Sehnsucht. Ihr Wort klang nach wie ein Lied.

Die Kirschbäume blühten nicht mehr, und Helene saß tiefer im Laubengange, wo der Schatten schwerer und kühler war. Vinzenz Viktor Karsky war Abschied nehmen gekommen. Die Sommerferien brachte er fern an einem See des Salzkammergutes bei seinen alten Eltern zu. Sie sprachen wie immer über das und dies, über Träume und Erinnerungen. Aber der Zukunft gedachte keines. Helenes Gesichtchen war bleicher als sonst, ihre Augen größer und tiefer, und die Hände zuckten leise auf der dunkelgrünen Decke. Und als der Student sich erhob und die beiden Hände behutsam wie etwas Zerbrechliches in die seinen nahm, da sagte Helene leise:

»Küß mich, du!«

Und der junge Mann neigte sich und berührte mit kühlen, gierdelosen Lippen Stirn und Mund der Kranken. Wie einen Segen trank er den heißen Duft dieses keuschen Mundes, und dabei fiel ihm eine Szene aus ferner Kindheit ein: wie Mutter ihn mal emporgehoben hatte zu einem wundertätigen Madonnenbild. Und dann ging er, gestärkt, ohne Schmerz durch den dämmerigen Laubengang. Er wandte sich noch einmal um, winkte dem blassen Kinde zu, das ihm mit müdem Lächeln nachschaute, und warf dann eine junge

Rose über den Zaun. Mit seliger Sehnsucht haschte Helene danach. Die rote Blüte aber fiel zu ihren Füßen nieder. Das kranke Mädchen bückte sich mühsam; es nahm die Rose zwischen die gefalteten Hände und küßte sich die Lippen rot an den samtweichen Blättern.

Das hatte Karsky nicht mehr gesehen.

Mit gefalteten Händen ging er durch die Sommerglut. Als er in sein stilles Stübchen trat, warf er sich in den alten Lehnstuhl und schaute in die Sonne hinaus. Die Fliegen summten hinter den weißen Tüllgardinen, und eine junge Knospe war aufgesprungen auf dem Fensterbrett. Und da kam dem Studenten von ungefähr zu Sinne, daß sie nicht: »auf Wiedersehen« gesagt hatten.

Sonngebräunt war Vinzenz Viktor Karsky von den Ferien in die kleine Stadt zurückgekehrt. Mechanisch ging er durch die altgewohnten Giebelgassen und warf keinen Blick auf die Häuserstirnen, die das falbe Herbstlicht fast violett erscheinen ließ. Es war der erste Weg, den er seit seiner Heimkehr machte, und doch schritt er wie einer dahin, der täglich dieselbe Strecke zurücklegt; er trat endlich durch das hohe Gittertor in den stillen Kirchhof und setzte auch dort zwischen den Hügeln und Kapellen zielsicher seinen Weg fort. Vor einem grünen Grab blieb er stehen und las von dem schlichten Kreuze ab: Helene. Er hatte gefühlt, daß er sie hier finden müsse. Ein Lächeln der Wehmut zuckte um seine Mundwinkel.

Auf einmal dachte er: Nein, wie geizig die Mutter doch war!

Auf des Mädchens Hügel lag neben verdorrten Blumen ein plumper Blechkranz mit geschmacklosen Blüten. Der Student holte ein paar Rosen, kniete nieder und deckte das kantige, karge Metall ganz mit den frischen Blüten zu, daß auch nicht ein Eckchen mehr zu sehen war. Dann ging er wieder, und sein Herz war klar, wie der rote Frühherbstabend, der so feierlich über den Dächern lag. –

Karsky saß eine Stunde später in der Stammkneipe. Die alten Genossen umdrängten ihn, und auf ihr stürmisches Begehr erzählte er von seiner Sommerreise. Als er von den Alpentouren sprach, gewann er wieder seine alte Überlegenheit. Man trank ihm zu.

»Du«, begann einer der Freunde, »was war denn das damals mit dir, vor den Ferien, du warst ja ganz... na, – vorwärts, heraus mit der Farbe!«

Da sagte Vinzenz Viktor Karsky mit verstohlenem Lächeln: »Na, der liebe Herrgott...«

»... hat sonderbare Kostgänger«, ergänzten die andern im Chor. »Das wissen wir schon.«

Nach einer Weile, als niemand mehr eine Antwort erwartete, fügte er sehr ernst hinzu: »Glaubt mir, es kommt darauf an, daß man einmal im Leben einen heiligen Frühling hat, der einem soviel Licht und Glanz in die Brust senkt, daß es ausreicht, alle ferneren Tage damit zu vergolden...«

Alle lauschten, als erwarteten sie noch etwas. Karsky aber schwieg mit leuchtenden Augen. Keiner hatte ihn verstanden, allein über allen lags wie ein geheimnisvoller Bann, bis der Jüngste seines Glases Rest mit raschem Ruck austrank, auf den Tisch schlug und rief: »Kinder, ich glaub ihr wollt sentimental werden. – Auf! Ich lad euch alle zu mir ein. Da ists gemütlicher, als in der Gaststube, und dann: es kommen auch ein paar Mädel. – Du gehst doch mit?« wandte er sich zu Karsky.

»Freilich«, sagte Vinzenz Viktor Karsky heiter und trank langsam sein Glas leer. –

1897

Kismét

(Skizze aus dem Zigeunerleben)

Der starke Král saß breit und schwer am Rain des furchigen Feldweges. Tjana hockte neben ihm. Sie hatte ihr Kindergesicht in die braunen Hände gepreßt und verharrte so mit großen Augen, lauschend und lauernd. Sie schauten in den Herbstabend. Vor ihnen in der blassen, kranken Wiese stand der grüne Wanderwagen, und bunte Windeln wehten sachte über seiner Tür. Aus dem engen Eisenschlot wirbelte ein leichter, blauer Rauch, der zitternd in der satten Luft zerfloß. Dahinter in den Hängen, die in langen flachen Wellen näher zu fluten schienen, watete der matte Zuggaul und riß hastig das spärliche Spätgras. Manchesmal blieb er stehen, hob den Kopf und schaute mit den guten geduldigen Augen in denselben Abend, drin kleine Dorffenster aufflammten und grüßten.

»Du«, sagte Král mit wildem Entschluß, »er ist deinetwegen da.« Tjana schwieg.

»Was sucht der Prokopp sonst hier?« fügte der Král mürrisch hinzu. Tjana zuckte die Achseln, riß mit raschem Griff ein langes, silbernes Gras ab und hielt es spielend zwischen den blitzend weißen Zähnen. Dann blieb sie still, als zählte sie die Lichter im Dorf.

Dann begann drüben das Ave.

Die kleine gelle Glocke eilte sich übermüde zu Ende. Sie brach unvermittelt ab. Wie eine Klage blieb in der Luft. Die junge Zigeunerin warf die schlanken Arme zurück und lehnte sich an den Hang. Sie schloß die Augen. Sie hörte das zage Zirpen der Grillen und die matte Stimme der Schwester, die ein Schlummerlied sang in dem grünen Wagen.

Beide lauschten eine Weile. Dann begann das Kind im Wagen zu weinen, leise, in langen, hoffnungslosen Tönen. Tjana wandte den Kopf zu dem Zigeuner und sagte spöttisch: »Gehst nicht, deinem Weib helfen, Král! 's Kind schreit.«

Der Král packte ihre Hand.

»Der Prokopp ist deinetwegen da«, wütete er als einzige Antwort.

Trotzig nickte das Mädchen: »Ich weiß.«

Da faßte der starke Král auch ihre andere Hand und preßte sie an den Hang. Wie gekreuzigt war Tjana. Sie biß sich die Lippen wund, um nicht zu schreien. Drohend hatte er sich über sie geneigt. Tjana sah nichts mehr vom Abend. Sie sah nur ihn mit seinen breiten schweren Schultern. Er war so groß über ihr, daß er den Wagen und das Dorf und den blassen Himmel verdeckte. Sie schloß eine Sekunde die Augen und fühlte: »Král heißt König zu deutsch. Und er ist einer.«

Allein im nächsten Augenblick empfand sie den heißen Schmerz an den Handgelenken wie eine Schmach. Sie fuhr auf, riß sich mit jähem Ruck los und stand vor Král mit wilden, sprühenden Augen.

»Was willst du?« stöhnte er.

Tjana lächelte leise: »Tanzen.«

Und sie hob die schlanken, kindlich zarten Arme und ließ sie leise und langsam auf und nieder wehen, als sollten die braunen Hände Flügel werden. Sie lehnte den Kopf zurück, weit, daß die schwarzen Haare schwer hinabglitten, und schenkte ihr fremdes Lächeln dem ersten Stern. Ihre leichtgelenken bloßen Füße suchten tastend einen Rhythmus, und ein Wiegen und Schmiegen war in ihrem jungen Leib, bewußtes Genießen und willenloses Hingeben zugleich, wie es den langstieligen feinen Blumen zu eigen ist, wenn der Abend sie küßt.

Mit zitternden Knieen stand der Král vor ihr. Er sah die blasse Bronze ihrer freien Schultern. Dunkel empfand er: Tjana tanzte die Liebe. –

Ein jeder Hauch, der über die Wiesen kam, schmiegte sich ihrer Bewegung in leichter, schmeichelnder Liebkosung an, und alle Blumen träumten in ihrem ersten Traum davon, sich so zu wiegen und so zu grüßen. Tjana schwebte näher und näher an den Král heran und neigte sich so fremd und seltsam, daß seine Arme gelähmt blieben vor lauter Schauen. Wie ein Sklave stand er und hörte auf das Jagen seines Herzens. Tjana wehte an ihn heran, und die Glut ihrer nahen Bewegung schlug wie eine Welle über ihn. Dann glitt sie weit, weit zurück, lächelte stolz und sieghaft und fühlte: »Er ist doch kein König.«

Der Zigeuner erwachte langsam und verfolgte sie wie ein Traumbild, tastend und heimlich. Plötzlich hielt er inne. Es fügte sich etwas ein in Tjanas schwebendes Wiegen. Ein leises, flutendes Lied, das längst in der Bewegung zu schlummern schien und das jetzt aus ihren Takten immer reicher und voller aufblühte. Die Tanzende zögerte. Alle ihre Bewegungen wurden langsamer, leiser, gleichsam lauschender. Sie blickte Král an, und die beiden empfanden das Lied wie etwas Schweres, Lähmendes. Sie wandten unwillkürlich die Augen nach derselben Richtung und erkannten: Den Weg daher kam Prokopp. Als Silhouette hob sich sein knabenhafter Körper von der silbergrauen Dämmerung ab. Er ging wie unbewußt mit träumenden Schritten und blies das leise Lied auf einer schlichten Bauernflöte. Sie sahen, wie er näher und näher kam. Da sprang der Král vor und riß dem Jungen die Holzflöte von den Lippen. Der Prokopp umklammerte, rasch gefaßt, mit seinen mannhaften Händen die Arme des Angreifers, hielt ihn fest und ertrug mit fragendem Auge den heißen feindlichen Blick des Král. So standen die Männer einander gegenüber. Alles ringsum war ganz still, und der grüne Wagen schaute durch die trüb erleuchteten kleinen Fensterchen wie mit zwei traurigen, wartenden Augen ins Land.

Ohne ein Wort gaben die Zigeuner sich plötzlich frei. Beide schauten nach Tjana hin. Der Král mit glühendem Trotz, der junge Mann neben ihm mit leisem fragendem Gestehen im dunklen Auge. Unter den Blicken dieser beiden sank Tjana in sich zusammen. Einmal war ihr, sie müsse zu Prokopp gehen, ihn küssen und fragen: »Woher hast du das Lied?« Aber sie fand nicht die Kraft. Sie hockte am Wegrain, hilflos wie ein frierendes Kind, und schwieg. Ihr Mund schwieg. Es schwiegen ihre Augen.

Eine Weile warteten die Männer; dann warf der Král dem andern einen feindselig auffordernden Blick zu und ging voran. Der Prokopp verharrte noch. Tjana sah das Abschiednehmen seiner traurigen Augen. Sie zitterte. Und dann wurde die schlanke, gelenke Gestalt immer schattenhafter, ungewisser und verlor sich auf dem Wege, welchen der Král gegangen war. Tjana hörte die Schritte in den Wiesen verhallen. Sie hielt den Atem an und lauschte in die Nacht:

Es kam ein Wehen über die flachen Felder, warm und friedsam, wie der Atem eines schlafenden Kindes. Alles war klar und still; und aus der weiten Stille lösten sich die leisen Laute der jungen Nacht: Blätterrauschen in greisen Linden, ein Bach irgendwo und das schwere, reife Fallen eines Apfels ins hohe Herbstgras.

1897

Fernsichten

Skizze aus dem Florenz des Quattrocento

Sie hatten einander beide vergessen. Der Pfad, der lange zwischen hohen Heckenrosen durch entlegenes Gelände lenkte, hob sie plötzlich unvermittelt empor ins Freie, ins Licht, und hielt die zwei jungen Menschen Florenz hin: nimm sie. Und die Stadt aus Marmor nahm das Geschenk. Sie nahm den Jüngling und nahm das Mädchen und trennte sie so. Denn es war ein anderes Florenz, welches jedes von ihnen entführte. Die Stadt des Beato Angelico war Simonettas Heimat, und sie schritt mittendurch, angstfremd und ganz in Weiß auf Santa Maria del Fiore zu. Der junge Mann im dunkelknappen Purpurkleid ahmte den steilen Bürgerburgen nach und wuchs mit ihren wachsamen Türmen. Seine Züge spannten sich, wurden reif und vollendeten sich wie unter einem unsichtbaren Meißel. Er spähte den Arno entlang und verharrte horchend. Dann sagte er eifern: »Und es raucht noch.«

Simonetta kehrte auf ihrem heimlichen Kirchengang um, rief sich her, verwirrte sich und fand Giuliano nicht gleich, weil er gealtert war.

Er wurde ungeduldig und streckte den Arm aus, heftig, als wollte er einen Pfeil von unsichtbarem Bogen senden: »Siehst du es nicht?«

Das Mädchen erschrak. Es schickte seine Blicke hinaus, hilflos, hastig irgendwohin.

Suchend kreisten sie um die Kuppeln und Fronten bis nach den spätgoldenen Bergen Fiesoles hin, wurden bang, matt und kehrten heim. Das Zucken ihrer Lider glich einem Flügelschlagen.

Giuliano erwachte, sah, wie grausam er ihre armen Augen gehetzt. Und aus Reue wurde er jung, so jung er nur werden konnte. Und die Geliebte, die das empfand, wuchs, wurde weit und fast mütterlich über ihm.

Sie faßte eine wilde Rose, hob sie zu sich ohne sie zu brechen und las aus der weißen Blätterschale diese leise Bitte:

»Halte mich wert jeder Kunde. Ich höre von nichts hier. Aber sag: was meintest du? Zeig mir den Rauch, welchen du erblicktest. Hilf mir ihn finden und lehre mich, was er bedeutet.«

Der Jüngling erzählte zaghaft: »Es war ein großes Feuer in Florenz. Ein Mönch ging, schwarz, durch alle Gassen und lehrte: In allem, was ihr liebt, glüht die Versuchung. Ich will euch erlösen vom Glanz.«

Da rauschte der Arno herauf.

Giuliano blickte in den Abend. Alles war Pracht und Verschwendung darin. Wie beschämt sprach er weiter, langsam und zögernd.

»Sie brachten dem Mönche, was sie liebten: einen Dolch, ein liebes Buch, ein venetianisches Bild, Gold, Steine, Ketten..., viele Frauen Samt und Purpur und ihr eignes Haar, und Alles wurde in seinen harten Händen Flamme.« Die junge Stimme zürnte und verlosch in den Worten: »und nach der Flamme – Qualm und Asche und Armut.«

Mit gesenkter Stirne ging der Jüngling weiter. Er brachte es nicht über sich zu gestehen, daß er selbst sein Geschmeide zum Holzstoß legte, zehn Tage vorher. Scheu schritt er links am Rand des Pfades hin. Ganz rechts am anderen Saum ging Simonetta. Der Weg war leer. Sonne war darauf. Es wurde wie ein Strom zwischen den beiden. Sie hörten ihn rauschen.

Stille.

Dann riefen sie einander. Jedes aus seiner Bangigkeit heraus.

»Giuliano.«

Stille.

»Simonetta.«

Stille. Der Strom wurde immer breiter.

»Sei nicht bang«, kam es von rechts, weither.

Stille. Dann rief es links:

»Woran denkst du?«

»Dann sind aber die Menschen jetzt arm?«

»Ja.«

Und von rechts: »Und Gott?« ...

Irgend etwas schrie aus dem Jüngling heraus: »Gott auch.« Er stand, taumelte, tastete, und dann fühlten die jungen Körper einander, und sie blieben, eng verwachsen, inmitten des Weges wie *ein* Mensch. Sie behielten geschlossene Augen. Noch waren sie zu schwach, anderswo beisammen zu sein, als in dieser gemeinsamen engen Nacht.

Dann dachte Simonetta: Wie bist du, Lieber?

Und dunkel fragte sich Giuliano: Wie soll ich deine Schönheit nennen?

Sie wurden traurig; denn keines wußte vom andern ein Bild.

Endlich hoben sie zugleich die Blicke – hoch, als gälte es, den Himmel zu finden.

Aber da fanden sie sich, und lächelten im Erkennen. Als sagten sie einander in lauter Staunen: Was bist du tief.

Dann war kein Weg mehr zwischen ihnen und kein Strom.

Die Fernen vergingen immer mehr in Dämmerung, und es blieb nur soviel Welt um sie wach, als sie brauchten, um sich beschirmt und allein zu fühlen.

Später, als das Mädchen langsam müde wurde, sagte es: »Du, heute möcht ich dich zu irgendwem führen. Aber ich habe keine Mutter mehr.«

Da kamen die Sterne schon, und die Luft zitterte mit der kleinen hellen Aveglocke von S. Niccolò.

Da bat er: »Führ mich zu Gott.«

Sie trat vor ihm in die Porta S. Niccolò und war wie ein Licht neben ihm in dem kühlen Schatten der Gassen. Hand in Hand, wie an der Spitze eines langen, festlichen Zuges stiegen sie die Stufen der kleinen Kirche hinan. Drinnen knieten sie lang unter Allen allein.

Und da war Gott sehr reich.

1898

Der Liebende

Hermann Holzer geht in seiner langen, schmalen Stube auf und ab und spricht seit einer halben Stunde. Ernst Bang liegt ebensolange auf dem alten Studentensofa und betrachtet ihn. Manchmal hebt er ein wenig den Kopf, wie um über die Worte des anderen hinzusehen; denn diese interessieren ihn nicht sonderlich. Der breite, blonde junge Mensch, der immer auf demselben Fleck auf und nieder läuft, mit Schritten, als ob er eine Anhöhe bestiege, scheint ihm viel wichtiger offenbar. Er möchte ihm am liebsten zurufen: Bleib einmal stehen, bitte; damit ich dein Kinn genauer sehe und deinen Mund...

Natürlich ruft er es nicht, aber trotzdem bleibt Hermann Holzer stehen, versammelt sich vor dem engen Fenster und deckt mit seinem schwarzen Rücken den Himmel zu und die Schornsteine und den ganzen Sonntagnachmittag. Die Stube dunkelt hinter ihm. Und er sagt: »Hol der Teufel das ganze Examen. Ich bin schon wahrhaft nervös, glaub ich. Ich fange an, euch Konkurrenz zu machen, lieber Bang. Nehmt euch in acht, wenn *ich* mal nervös werde, dann tu ich's gründlich, – wie alles. Dann seid ihr Zwerge gegen mich.« Und er dreht sich so schnell um, daß er ein ganzes Stück Licht mit seinem Lachen hereinreißt in die rauchige Dachstube.

Bang setzt sich wie erschrocken auf. Er ist sehr schlank und modisch gekleidet. Jetzt besieht er langsam seine linke Hand und dann seine rechte. Mit einem gewissen Eifer, als ob das ein Wiedersehen nach Jahren wäre.

Holzer geht schon wieder auf und ab. »Heute muß auch noch die Antwort kommen, ob ich Aussicht habe, den Pri vatunterricht bei Holms zu übernehmen. Davon hängt viel ab. Ohne diesen Zuschuß kann ich nicht daran denken, zu heiraten.«

Bang macht eine geräuschvolle Bewegung. Holzer wendet sich ihm erwartungsvoll zu. Aber er erhält nur ein zerstreutes: »Ja, freilich...« und fährt fort mit den Schritten und mit den Worten: »Ich denke mir, dann erst wirds Ruhe geben. Dann wird man erst anfangen können, was Vernünftiges zu arbeiten. Bis man so versorgt ist, sich um nichts zu kümmern hat.« Pause... und: »Helene versteht das...« Pause. »Natürlich werden wir irgendwo draußen wohnen...«

Er ist gerade wieder vor dem Fenster.

Bangs feine Lippen wehren sich gegen ein Wort. Dann schlägt es nach innen und treibt den jungen Menschen in die Höhe. Er steht eine Weile ratlos, ehe er ein paar Schritte gegen den Freund zu macht. Als er neben ihn tritt, sagt Holzer gerade: »Hör mal!«

Ein trauriges slavisches Volkslied weht wie Rauch den Lichthof herauf. Es ist, als ob das Lied sich auf die Fußspitzen stellte, um über Dächer und Türme zu schauen... irgendwohin.

Bang hebt unwillkürlich den Kopf und schließt die Augen.

»Weißt du, was das ist?« lacht Holzer.

Pause. Dann träumt Bang vor sich hin: »Heimweh...«

Holzer rüttelt ihn. »Der kleine Frosch vom Land da unten wäscht Geschirr ab. Da singt sie immer dazu, immer dasselbe mit dieser dummen verwaschenen Stimme. Jeden Nachmittag um halb vier. Sieh mal – (er hält ihm die Uhr hin), pünktlich, was? So ist jede Tageszeit hier bezeichnet. Ich könnte meine Uhr ruhig versetzen: Leiermann, Drahtbinder, Gemüsemann, Lumpenweib: so heißen meine Stunden. Und dabei arbeite einer! Zudem gibt es auch noch ein Vis-à-vis. Sieh mal... nett, nicht?«

Hermann Holzer verschwendet ein paar Kußhände; und aus seinem befriedigten Lächeln kann man schließen, daß sie nicht in den Hof hinunterfallen. Dann kehrt er sich plötzlich ins Zimmer: »Darum heirate man... ehestens!«

Bang macht eine Bewegung der Abwehr.

Hermann Holzer bemerkt es, sieht ihn einen Augenblick an und langt sich eine Zigarette vom Tisch her.

»Willst du nicht, Bang?«

»Danke.«

Und Holzer zündet in aller Behaglichkeit eine Zigarette an. Dann sagt er, während er das benutzte Zündholz heftig hin und her bewegt, als ob er irgend etwas durchstreichen wollte, was in der Luft geschrieben steht: »Hm? –«

Bang schaut zum Fenster hinaus. Mit den kleinen, unteren Vorderzähnen quält er sein blondes Schnurrbärtchen.

Pause.

Hermann Holzer geht schon wieder auf und ab und raucht mit unglaublicher Heftigkeit. Plötzlich bleibt er stehen, und seine Stimme bohrt sich durch den Qualm: »Farbe, Farbe, lieber Bang. Rot oder grün? Was ist los?«

Ernst Bang kommt näher, und seine Hand sieht lächerlich zart aus auf der ruhigen, runden Schulter des anderen. Er betrachtet seine Schuhe, seinen linken besonders, und spricht dabei: »Ich bin überzeugt, du wirst mich nicht mißverstehen, Hermann...«

Holzer wird unruhig: »Muß es denn so feierlich sein? Heraus damit! Herr Gott, umgebracht hab ich keinen,... also...«

Bang hebt seine Augen, und sie sind ordentlich schwer von Trauer.

»Oder doch?« lacht Holzer.

Da tritt Ernst Bang zurück zum Fenster, und es wird wieder Raum für das armselige Heimwehlied. Mitten hinein in die kleine ängstliche Melodie streut Bang die langsamen Worte: »Nimm mir's nicht übel, Hermann, aber... du.... zerbrichst... sie....« Pause.

Hermann Holzer nimmt die Zigarette aus dem Mund und legt sie leise auf den Rand des Tisches. Der feine Rauch steigt steil auf inmitten der Stube. Unwillkürlich folgen beide mit den Blicken dieser ruhigen, feierlichen Bewegung. Da nimmt Holzer einen Stuhl in die Hände und versucht, ihn zu heben. Auf einmal läßt er ihn fallen und schreit in das Gepolter hinein:

»Du bist wohl verrückt?«

»Laß uns ruhig darüber reden, bitte...«

Bangs Stimme zittert ein wenig.

Aber Holzer ist noch nicht so weit: »Ich... zerbreche... sie...«, wiederholt er mit Betonung, als müßte er diese Worte auswendig lernen. Immer von neuem beginnt er: »Ich zer...«

»Hermann...«, bittet der andere.

»Ich zer...« Und Holzer lacht auf einmal zügellos. Man muß es im ganzen Hause hören. Endlich geht ihm das Gelächter aus, und er sagt mühsam, mit dem letzten Atem: »Willst du mir vielleicht – erklären..?«

Darauf hat Bang gewartet.

Er beginnt leise, wie nach guter Vorbereitung. Man kann seine Augen nicht sehen. »Du erinnerst dich doch, wie du Helene kennen gelernt hast? Es war bei mir an einem jener lustigen Abende. Das heißt, für euch war er lustig; für mich und für Helene war es ein Abschied, wenn du willst – ein Abschieds*fest*. Aber... na also: etwas Wehmütiges jedenfalls. Du hast das nicht bemerkt? – Ich weiß. Zum Schluß haben wir beide es wohl selber nicht mehr gewußt. Wie das so geht. Das Leben ist rasch ...«

Holzer macht eine Bewegung der Ungeduld.

»Nur einen Augenblick, Hermann. Es ist notwendig, von jenem Abend zu reden. An jenem Abend ...« Bang kommt ein paar Schritte näher und sucht die unruhigen Blicke Holzers zu halten.

»Du hast mich nie gefragt, wie ich eigentlich zu Helene ...«

Holzer weicht ihm aus, gereizt: »Aber das geht mich ja garnichts an ...«

Bang lächelt: »Mag sein. Ich möchte trotzdem weitererzählen ...«

Holzer wirft sich auf das Sofa, daß alle Federn krachen. Der kreischende Mißton liegt eine Weile in der Luft.

Ernst Bang vertieft sich wieder in die Betrachtung seines linken Schuhes und erzählt: »An jenem Abend also hab ich euch alle zu mir gebeten, um so eine Art Verlobung zu feiern ...«

Die Federn des Sofas werden unruhig.

»Es war mir nämlich klar geworden, daß es doch etwas anderes ist als einfach Kameradschaft, was mich an Helene band. Ich ging also mit mir zu Rate und beschloß, sie zu heiraten. Ich übersah nicht die Schwierigkeiten, welche meine Familie mir bereiten würde; ich vergaß nicht, daß ich meine Karriere durch diesen Schritt beschränkte. Ich rechnete mit diesen Dingen, also waren sie kein Hindernis. Aber im letzten Augenblick, eine halbe Stunde ehe du damals bei mir eintratest ...«

Ein Ruck in den Polstern des Sofas.

Bang sieht hin, aber Holzer liegt ganz ruhig, und Bang

vollendet also: – »da zeigte sich ein Hindernis, das ich nicht erwartet hatte.«

Pause. »... Na, und als ihr kamt, da wußte ich es schon – und Helene ...«

Auf einmal sitzt Hermann aufrecht und wendet seine lauernden Augen gegen den Sprechenden: »Sie hat dich abgewiesen?«

»Hm«, macht Ernst Bang ungewiß, als ob er etwas anfügen wollte, und denkt: Man sollte das Fenster öffnen vielleicht, nur eine Weile ...

Inzwischen bricht die Dämmerung über die beiden herein. Jetzt erst zündet sich Bang eine Zigarette an und geht auf und nieder. Ganz anders als Hermann. Langsam, in einem gewissen Erwarten, sich wiegend. Er fühlt sich besonders erleichtert offenbar, denn später sagt er leichthin: »September! Wie bald es schon dunkel wird.«

Wirklich, es ist ganz dunkel. Man kann nur mit Mühe erkennen, daß Holzer am Rande des Sofas sitzt, den Kopf in die Hände gesenkt. Er ändert diese Stellung nicht, und darum klingen seine Worte so dumpf in der Frage: »Das ist mir nicht klar, Bang, was mich das alles angeht, was ich dabei soll?«

Ernst Bang bleibt stehen. Da wird die Stille auf einmal schwer, schwer. Holzer reißt die Hände vom Gesicht und schreit: »Ich zerbreche sie? Warum?«

»Ruhig, ruhig ...«, beschwichtigt Bang.

Aber Holzer springt auf. Er tut plötzlich wie einer, der im Traum gelähmt war. Er streckt seine Arme, er probt seine Gelenke und will seine Stimme hören: »Warum?«

»Sieh sie dir mal an, Hermann«, bittet Bang, selbst ein wenig mitgerissen. »Wie blaß sie ist. Sie wird dir krank werden, du wirst sehen. Du quälst sie.«

Da legt ihm Holzer die Hand auf die Schulter. Und sie wird immer schwerer während dieser Worte: »Du weißt nicht, was du sprichst, Bang. Ich tue für Helene alles was ich kann, weißt du. Alles Mögliche. Nur Phrasen mach ich keine. Das will sie auch nicht. Also, was quäl ich sie?«

Bang weiß nichts zu erwidern.

Und langsam spricht Holzer weiter: »Wir sind Kameraden – einfach. So gehört sich's. Wenn ich sie in der letzten Zeit manchmal vernachlässigt habe, so war die Arbeit daran schuld. Sobald sie ihr Kind haben wird, *ihre* Arbeit, wird sie mich auch vernachlässigen. Das ist so.« Pause.

Ernst Bang hat seine Zigarette ausgehen lassen. Er knöpft unruhig an seinem schwarzen Gesellschaftsrock; seine Hände sind sehr weiß. Dann hört man wieder die Stimme Holzers. Sie wird immer ruhiger und bekommt immer mehr heitere Überlegenheit.

»Ich finde übrigens gar nicht, daß sie schlecht aussieht. Alle Mädel sehen so aus um die Zeit. Das wird schon besser werden. Du kannst dich darauf verlassen.« Pause. »Aber das ist so eure Art: Sensation um jeden Preis. Nichts Ruhiges. Lauter Trapezgefühle; und man wartet immer, ob sie nicht im nächsten Augenblick den Hals brechen. Ich kenne das. Aber man fällt euch immer wieder hinein auf eure Empfindelei.«

»Die Dinge sind vielleicht doch nicht so einfach.« Bang sagt das fast pfeifend.

»Gewiß, weil ihr sie nicht einfach *wollt.*«

»Oh wollen –«, macht Bang, »überhaupt: *wollen* ...« und er schaut über alles weg ins Grenzenlose.

»No ja, da wären wir ja glücklich wieder.« Holzer ist fast fröhlich jetzt. Er zündet die Lampe an und verneigt sich dann vor dem Freunde:

»Euer Hochwohlgeboren erlauben: Mein Name ist Holzer. Das ist wörtlich zu nehmen. Mein Vater selig war nämlich der ›alte Holzer‹. Sie können von ihm hören im Dorf drunten. Die meisten werden sich an den breiten Bauer erinnern, den Holzerbauer. Und ich hab auch noch was aus seinem Blut, hoff ich. Sowas Grades, Eichenes...«

Ernst Bang fühlt sich durch das grelle gelbe Licht der Lampe gestört: »Ich denke, ich gehe jetzt.«

Holzer lacht: »Wie du willst. Aber damit die Lektion in Gottes Namen doch einen Schluß hat, sag mir doch schnell, was ich, nach deiner Meinung, in diesem Fall zu tun habe?...«

Bang macht eine Bewegung, so, an allem vorbei.

»Sprich, die ganze Kultur steht hinter dir, bedenke!«

Und er nimmt dem Zögernden den Hut wieder aus der Hand und begütigt, in anderem Ton:

»Wirklich, Ernst, Freund zum Freund. Du hast mir deine Ansicht gesagt und, so sonderbar sie sein mag, ich bin dir dankbar dafür. Ohne Zweifel hast du auch einen Rat mitgebracht. Ein Medikament gegen das gefährliche Übel, wie? Ihr seid ja alle Ärzte, ihr modernen Menschen.«

Bang versucht zu lächeln.

»Ich bin gespannt. Was soll ich tun, Ernst? Was soll ich sagen?«

Und da wird Bang wieder sehr ernst. Er kommt ein paar Schritte zurück und antwortet sehr hastig: »Sagen? Hm. Ich glaube, es ist deine Sache, einfach *zuzuhören*...«

Auch Hermann lacht nicht mehr: »Ich versteh dich nicht...«

»Nun, – Helene ist von denen, die sich aussprechen müssen um jeden Preis...« Pause. »Es könnte ja sein, daß Helene dir etwas zu erzählen hat... von... früher...« Pause.

»So«, sagt Holzer dann kurz und begleitet den andern an die Tür.

Da tritt Helene ein, gerade den beiden entgegen.

»Oh« macht sie, als sie Ernst Bang erkennt, und Holzer lacht: »Eine Überraschung, was? Alte Freunde?!«

»Ja –«, versucht Helene und geht an Bang vorbei.

Da hat Hermann einen Einfall, ganz unvermittelt offenbar. »Du hast doch wohl noch Zeit?« Eigentlich klingt das für eine Frage recht entschieden. Unwillkürlich bleibt Bang stehen. Er sieht, wie Hermann das Mädchen bei der Hand nimmt und in den hellen Kreis der Lampe zieht, und es kommt ihm unerhört brutal vor. Dann hört er ihn sagen: »Blaß? – Bist du blaß, Helen'?« Pause.

»Möglich, daß das die Lampe macht; es ist ein ungünstiges Licht. Aber du fühlst dich doch wohl?« Pause.

»Dieser Herr da sagt nämlich ...«

Helene macht eine Bewegung, als ob sie flüchten wollte.

Ernst Bang fühlt sich auf einmal vollkommen unbeteiligt, Zuschauer. Er möchte bequem sitzen, um nichts von dem zu verlieren, was kommt. Also:

»Dieser Herr sagt: Ich zerbreche dich?« Pause.

Ernst Bang denkt: Zu schleppend ist diese Szene. Flotter, bitte!

Pause. Dann, sehr laut: »Ist das wahr?«

Heftiges Weinen.

Ernst Bang macht zwei Schritte; er hat die Empfindung: Schluß! Man kann gehen. Es kommt nichts mehr.

Aber das ist ein Irrtum; es kommt noch etwas: Hermann Holzers Riesenlachen. Und hinterdrein: »Kinder seid ihr, richtige Kinder. Ihr beide. Du Helen' und der da. Gott sei Dank, daß wir jetzt beisammen sind, sonst tätet ihr jeder was Sentimentales. Ich sehs euch an. – Wir wollen auch beisammen *bleiben* heute und irgend etwas feiern; es wird sich schon was finden lassen.«

Pause. Helene neigt sich mit halbgetrockneten Augen zu Hermann und flüstert ihm etwas zu. Er versteht nicht gleich. Dann lacht er: »Wir beide allein? Gott bewahre! Kinderei! Im Gegenteil, was ich jetzt zu sagen habe, muß Ernst mithören. Leg nur deinen Hut fort, mein Lieber.«

Und als Bang keine Anstalten macht, fügt Holzer an: »Wenn ich dich darum *bitte.*« Und da auch *das* nichts hilft, braucht er ein letztes Mittel: »Helen' will es auch, – nicht wahr?«

Und da wird eine Stille um ein kleines farbloses »Ja« herum.

Langsam kommt Ernst Bang näher. Er sieht unglaublich müde aus, und Holzer denkt, zur Beruhigung: es ist ein ungünstiges Licht... so eine Lampe...

Dann zieht er das Mädchen auf seinen Schoß und scherzt: »Nun, kleine Frau, hast du mich lieb? Und zerbrech ich dich nicht?« Da klammert sich das kleine blonde Mädchen an seinen Hals an, mit einem Ungestüm, das ihn staunen macht. Eine Weile fühlt er sie weinen. Aber das können keine tiefen Tränen gewesen sein; denn als er das zarte Gesichtchen in die Höhe zwingt, atmet ihn eine strahlende Seligkeit an, deren er sich gar nicht zu entsinnen weiß.

Bang steht auf einmal am Fenster und zählt die schwarzen Schornsteine. Er will sich draußen beschäftigen um jeden Preis; dennoch hört er Wort für Wort:

»Jetzt ist es ja bald überstanden, Kind. Wenn heute Nachricht von Holms kommt, so können wir heiraten, gleich nach dem Examen.« Pause.

»Du willst doch?«

Ein glückseliges Lachen.

»So feiern wir heute die Zukunft.«

Pause.

»Du bist doch dabei, Bang?« Und er wartet die Antwort gar nicht ab. »Noch eines feiern wir, richtig: deine Kultur, Bang. Wir sind drei moderne Menschen, drei Menschen ohne Vorurteile, nicht? – Wir dekretieren hiermit: es gibt keine Vergangenheit. Die Vergangenheit leugnen wir einfach.«

Ernst Bang ist rasch näher gekommen, wie um zu retten; er hört noch:

»Wer von der Vergangenheit spricht, lügt. Abgemacht.«

Helene ist sehr blaß.

Hermann hat es nicht bemerkt. Eben hat jemand draußen geklingelt, und er beeilt sich zu öffnen; es könnte von Holms sein. Helene erreicht ihn noch an der Tür. Ihre Lippen brennen. Es ist ein letzter Versuch.

Aber Holzer hält sich die Ohren zu und lacht laut.

Da läßt sie ihn los, läßt ihn los – und kommt langsam zur Lampe zurück, ganz ruhig.

Bang steht an der anderen Seite des Tisches, und die Lampe singt zwischen ihnen merkwürdig laut.

Einmal schaut ihn Helene an mit traurigen, hilflosen Augen. Und Ernst Bang hebt ein wenig die Achseln, unmerklich. Das ist alles.

1898

Eine Geschichte, dem Dunkel erzählt

Ich wollte den Mantel umnehmen und zu meinem Freunde Ewald gehen. Aber ich hatte mich über einem Buche versäumt, einem *alten* Buche übrigens, und es war Abend geworden, wie es in Rußland Frühling wird. Noch vor einem Augenblick war die Stube bis in die fernsten Ecken klar, und nun taten alle Dinge, als ob sie nie etwas anderes gekannt hätten als Dämmerung; überall gingen große dunkle Blumen auf, und wie auf Libellenflügeln glitt Glanz um ihre samtenen Kelche.

Der Lahme war gewiß nicht mehr am Fenster. Ich blieb also zu Haus. Was hatte ich ihm doch erzählen wollen? Ich wußte es nicht mehr. Aber eine Weile später fühlte ich, daß jemand diese verlorene Geschichte von mir verlangte, irgend ein einsamer Mensch vielleicht, der fern am Fenster seiner finstern Stube stand, oder vielleicht dieses Dunkel selbst, das mich und ihn und die Dinge umgab. So geschah es, daß ich dem Dunkel erzählte. Und es neigte sich immer näher zu mir, so daß ich immer leiser sprechen konnte, ganz, wie es zu meiner Geschichte paßt. Sie handelt übrigens in der Gegenwart und beginnt:

»Nach langer Abwesenheit kehrte Doktor Georg Laßmann in seine enge Heimat zurück. Er hatte nie viel dort besessen, und jetzt lebten ihm nurmehr zwei Schwestern in der Vaterstadt, beide verheiratet, wie es schien, gut verheiratet; diese nach zwölf Jahren wiederzusehen, war der Grund seines Besuchs. So glaubte er selbst. Aber nachts, während er im überfüllten Zuge nicht schlafen konnte, wurde ihm klar, daß er eigentlich um seiner Kindheit willen kam und hoffte, in den alten Gassen irgend etwas wieder zu finden: ein Tor, einen Turm, einen Brunnen, irgend einen Anlaß zu einer Freude oder zu einer Traurigkeit, an welcher er sich wieder erkennen konnte. Man verliert sich ja so im Leben. Und da fiel ihm verschiedenes ein: Die kleine Wohnung in der Heinrichsgasse mit den glänzenden Türklinken und den dunkelgestrichenen Dielen, die geschonten Möbel und seine Eltern, diese beiden abgenützten Menschen, fast ehrfürchtig neben ihnen; die schnellen gehetzten Wochentage und die Sonntage, die wie ausgeräumte Säle waren, die seltenen Besuche, die man lachend und in Verlegenheit empfing, das verstimmte Klavier, der alte Kanarienvogel, der ererbte Lehnstuhl, auf dem man nicht sitzen durfte, ein Namenstag, ein Onkel, der aus Hamburg kommt, ein Puppentheater, ein Leierkasten, eine Kindergesellschaft und jemand ruft: ›Klara‹. Der Doktor wäre fast eingeschlafen. Man steht in einer Station, Lichter laufen vorüber, und der Hammer geht horchend durch die klingenden Räder. Und das ist wie: Klara, Klara. Klara, überlegt der Doktor, jetzt ganz wach, wer war das doch? Und gleich darauf fühlt er ein Gesicht, ein Kindergesicht mit blondem, glattem Haar. Nicht daß er es schildern könnte, aber er hat die Empfindung von etwas Stillem, Hilflosem, Ergebenem, von ein paar schmalen Kinderschultern, durch ein verwaschenes Kleidchen noch mehr zusammengepreßt, und er dichtet dazu ein Gesicht – aber da weiß er auch schon, er muß es nicht dichten. Es ist da – oder vielmehr es *war* da – damals. So erinnert sich Doktor Laßmann an seine einzige Gespielin Klara, nicht ohne Mühe. Bis zur Zeit, da er in eine Erziehungsanstalt kam, etwa zehn Jahre alt, hat er alles mit ihr geteilt, was ihm begegnete, das Wenige (oder das Viele?). Klara hatte keine Geschwister, und er hatte so gut wie keine; denn seine älteren Schwestern kümmerten sich nicht um ihn. Aber seither hat er niemanden je nach ihr gefragt. Wie war das doch möglich? Er lehnte sich zurück. Sie war ein frommes Kind, erinnerte er sich noch, und dann fragte er sich: Was mag aus ihr geworden sein? Eine Zeitlang ängstigte ihn der Gedanke, sie könnte gestorben sein. Eine unermeßliche Bangigkeit überfiel ihn in dem engen gedrängten Coupé; alles schien diese Annahme zu bestätigen: sie war ein kränkliches Kind, sie hatte es zu Hause nicht besonders gut, sie weinte oft, unzweifelhaft: sie ist tot. Der Doktor ertrug es nicht länger; er störte einzelne Schlafende und schob sich zwischen ihnen durch in den Gang des Waggons. Dort öffnete er ein Fenster und schaute hinaus in das Schwarz mit den tanzenden Funken. Das beruhigte ihn. Und als er später in das Coupé zurückkehrte, schlief er trotz der unbequemen Lage bald ein.

Das Wiedersehen mit den beiden verheirateten Schwestern verlief nicht ohne Verlegenheiten. Die drei Menschen hatten vergessen, wie weit sie einander, trotz ihrer engen Verwandtschaft, doch immer geblieben waren, und versuchten eine Weile, sich wie Geschwister zu benehmen. Indessen kamen sie bald stillschweigend überein, zu dem höflichen Mittelton ihre Zuflucht zu nehmen, den der gesellschaftliche Verkehr für alle Fälle geschaffen hat.

Es war bei der jüngeren Schwester, deren Mann in besonders günstigen Verhältnissen war, Fabrikant mit dem Titel Kaiserlicher Rat, und es war nach dem vierten Gange des Diners, als der Doktor fragte: ›Sag mal, Sophie, was ist denn aus Klara geworden?‹ ›Welcher Klara?‹ ›Ich kann mich ihres Familiennamens nicht erinnern. Der Kleinen, weißt du, der Nachbarstochter, mit der ich als Kind gespielt habe?‹ ›Ach, Klara Söllner meinst du?‹ ›Söllner, richtig, Söllner. Jetzt fällt mir erst ein: Der alte Söllner, das war ja dieser gräßliche Alte – – aber was ist mit Klara?‹ Die Schwester zögerte: ›Sie hat geheiratet – Übrigens lebt sie jetzt ganz zurückgezogen.‹ ›Ja‹, machte der Herr Rat, und sein Messer glitt kreischend über den Teller, ›ganz zurückgezogen.‹ ›Du kennst sie auch?‹ wandte sich der Doktor an seinen Schwager. ›Ja-a-a – so flüchtig; sie ist ja hier ziemlich bekannt.‹ Die beiden Gatten wechselten einen Blick des Einverständnisses. Der Doktor merkte, daß es ihnen aus irgend einem Grunde unangenehm war, über diese Angelegenheit zu reden, und fragte nicht weiter.

Umsomehr Lust zu diesem Thema bewies der Herr Rat, als die Hausfrau die Herren beim schwarzen Kaffee zurückgelassen hatte. ›Diese Klara‹, fragte er mit listigem Lächeln und betrachtete die Asche, die von seiner Zigarre in den silbernen Becher fiel. ›Sie soll doch ein stilles und überdies häßliches Kind gewesen sein?‹ Der Doktor schwieg. Der Herr Rat rückte vertraulich näher: ›Das war eine Geschichte! – Hast du nie davon gehört?‹ ›Aber ich habe ja mit niemandem gesprochen.‹ ›Was, gesprochen‹, lächelte der Rat fein, ›man hat es ja in den Zeitungen lesen können.‹ ›Was?‹ fragte der Doktor nervös.

›Also, sie ist ihm durchgegangen‹ – hinter einer Wolke Rauches her schickte der Fabrikant diesen überraschenden Satz und wartete in unendlichem Behagen die Wirkung desselben ab. Aber diese schien ihm nicht zu gefallen. Er nahm eine geschäftliche Miene an, setzte sich gerade und begann in anderem berichtenden Ton, gleichsam gekränkt. ›Hm. Man hatte sie verheiratet an den Baurat Lehr. Du wirst ihn nicht mehr gekannt haben. Kein alter Mann, in meinem Alter. Reich, durchaus anständig, weißt du, durchaus anständig. Sie hatte keinen Groschen und war obendrein nicht schön, ohne Erziehung usw. Aber der Baurat wünschte ja auch keine große Dame, eine bescheidene Hausfrau. Aber die Klara – sie wurde überall in der Gesellschaft aufgenommen, man brachte ihr allgemein Wohlwollen entgegen, – wirklich – man benahm sich – also sie hätte sich eine Position schaffen können mit Leichtigkeit, weißt du – aber die Klara, eines Tages – kaum zwei Jahre nach der Hochzeit: fort ist sie. Kannst du dir denken: fort. Wohin? Nach Italien. Eine kleine Vergnügungsreise, natürlich nicht allein. Wir haben sie schon im ganzen letzten Jahr nicht eingeladen gehabt, – als ob wir geahnt hätten! Der Baurat, mein guter Freund, ein Ehrenmann, ein Mann –‹

›Und Klara?‹ unterbrach ihn der Doktor und erhob sich. ›Ach so – ja, na die Strafe des Himmels hat sie erreicht. Also der Betreffende – man sagt ein Künstler, weißt du – ein leichter Vogel, natürlich nur so – Also wie sie aus Italien zurück waren, in München: adieu und ward nicht mehr gesehen. Jetzt sitzt sie mit ihrem Kind!‹

Doktor Laßmann ging erregt auf und nieder: ›In München?‹ ›Ja, in München‹, antwortete der Rat und erhob sich gleichfalls. ›Es soll ihr übrigens recht elend gehen –‹ ›Was heißt elend? –‹ ›Nun‹, der Rat betrachtete seine Zigarre, ›pekuniär und dann überhaupt – Gott – so eine Existenz – – –‹ Plötzlich legte er seine gepflegte Hand dem Schwager auf die Schulter, seine Stimme gluckste vor Vergnügen: ›weißt du, übrigens erzählte man sich, sie lebe von –‹ Der Doktor drehte sich kurz um und ging aus der Tür. Der Herr Rat, dem die Hand von der Schulter des Schwagers gefallen war, brauchte zehn Minuten, um sich von seinem Staunen zu erholen. Dann ging er zu seiner Frau hinein und sagte ärgerlich: ›Ich hab es immer gesagt, dein Bruder ist ein Sonderling.‹ Und diese, die eben eingenickt war, gähnte träge: ›Ach Gott ja.‹

Vierzehn Tage später reiste der Doktor ab. Er wußte mit

einemmal, daß er seine Kindheit anderswo suchen müsse. In München fand er im Adreßbuch: Klara Söllner, Schwabing, Straße und Nummer. Er meldete sich an und fuhr hinaus. Eine schlanke Frau begrüßte ihn in einer Stube voll Licht und Güte.

›Georg, und Sie erinnern sich meiner?‹

Der Doktor staunte. Endlich sagte er: ›Also das sind *Sie*, Klara.‹ Sie hielt ihr stilles Gesicht mit der reinen Stirn ganz ruhig, als wollte sie ihm Zeit geben, sie zu erkennen. Das dauerte lange. Schließlich schien der Doktor etwas gefunden zu haben, was ihm bewies, daß seine alte Spielgefährtin wirklich vor ihm stünde. Er suchte noch einmal ihre Hand und drückte sie; dann ließ er sie langsam los und schaute in der Stube umher. Diese schien nichts Überflüssiges zu enthalten. Am Fenster ein Schreibtisch mit Schriften und Büchern, an welchem Klara eben mußte gesessen haben. Der Stuhl war noch zurückgeschoben. ›Sie haben geschrieben?‹ ... und der Doktor fühlte, wie dumm diese Frage war. Aber Klara antwortete unbefangen: ›Ja, ich übersetze.‹ ›Für den Druck?‹ ›Ja‹, sagte Klara einfach, ›für einen Verlag.‹ Georg bemerkte an den Wänden einige italienische Photographien. Darunter das ›Konzert‹ des Giorgione. ›Sie lieben das?‹ Er trat nahe an das Bild heran. ›Und Sie?‹ ›Ich habe das Original nie gesehen; es ist in Florenz, nicht wahr?‹ ›Im Pitti. Sie müssen hinreisen.‹ ›Zu diesem Zweck?‹ ›Zu diesem Zweck.‹ Eine freie und einfache Heiterkeit war über ihr. Der Doktor sah nachdenklich aus.

›Was haben Sie, Georg. Wollen Sie sich nicht setzen?‹ ›Ich bin traurig‹, zögerte er. ›Ich habe gedacht – aber Sie sind ja gar nicht elend –‹ fuhr es plötzlich heraus. Klara lächelte: ›Sie haben meine Geschichte gehört?‹ ›Ja, das heißt –‹ ›Oh‹, unterbrach ihn Klara schnell, als sie merkte, daß seine Stirn sich verdunkelte, ›es ist nicht die Schuld der Menschen, daß sie *anders* davon reden. Die Dinge, die wir erleben, lassen sich oft nicht ausdrücken, und wer sie dennoch erzählt, muß notwendig Fehler begehen –‹ Pause. Und der Doktor: ›Was hat Sie so gütig gemacht?‹ ›Alles‹, sagte sie leise und warm. ›Aber warum sagen Sie: gütig?‹ ›Weil – weil Sie eigentlich hätten hart werden müssen. Sie waren ein so schwaches, hilfloses Kind; solche Kinder werden später entweder hart oder –‹ ›Oder sie sterben – wollen Sie sagen. Nun, ich bin auch gestorben. Oh, ich bin viele Jahre gestorben. Seit ich Sie zum letztenmal gesehen habe, zu Haus, bis –‹ Sie langte etwas vom Tische her: ›Sehen Sie, das ist sein Bild. Es ist etwas geschmeichelt. Sein Gesicht ist nicht so klar, aber – lieber, einfacher. Ich werde Ihnen dann gleich unser Kind zeigen, es schläft jetzt nebenan. Es ist ein Bub. Heißt Angelo, wie er. Er ist jetzt fort, auf Reisen, weit.‹

›Und Sie sind ganz allein?‹ fragte der Doktor zerstreut, immer noch über dem Bilde.

›Ja, ich und das Kind. Ist das nicht genug? Ich will Ihnen erzählen, wie das kommt. Angelo ist Maler. Sein Name ist wenig bekannt, Sie werden ihn nie gehört haben. Bis in die letzte Zeit hat er gerungen mit der Welt, mit seinen Plänen, mit sich und mit mir. Ja, auch mit mir; denn ich bat ihn seit einem Jahr: du mußt reisen. Ich fühlte, wie sehr ihm das not tat. Einmal sagte er scherzend: ‚Mich oder ein Kind?' ‚Ein Kind', sagte ich, und dann reiste er.‹

›Und wann wird er zurückkehren?‹

›Bis das Kind seinen Namen sagen kann, so ist es abgemacht.‹ Der Doktor wollte etwas bemerken. Aber Klara lachte: ›Und da es ein schwerer Name ist, wird es noch eine Weile dauern. Angelino wird im Sommer erst zwei Jahre.‹

›Seltsam‹, sagte der Doktor. ›Was, Georg?‹ ›Wie gut Sie das

Leben verstehen. Wie groß Sie geworden sind, wie jung. Wo haben Sie Ihre Kindheit hingetan? – wir waren doch beide so – so hilflose Kinder. Das läßt sich doch nicht ändern oder ungeschehen machen.‹ ›Sie meinen also, wir hätten an unserer Kindheit *leiden* müssen, von rechtswegen?‹ ›Ja, gerade das meine ich. An diesem schweren Dunkel hinter uns, zu dem wir so schwache, so ungewisse Beziehungen behalten. Da ist eine Zeit: wir haben unsere Erstlinge hineingelegt, allen Anfang, alles Vertrauen, die Keime zu alledem, was vielleicht einmal werden sollte. Und plötzlich wissen wir: Alles das ist versunken in einem Meer, und wir wissen nicht einmal genau wann. Wir haben es gar nicht bemerkt. Als ob jemand sein ganzes Geld zusammensuchte, sich dafür eine Feder kaufte und sie auf den Hut steckte, hui: der nächste Wind wird sie mitnehmen. Natürlich kommt er zu Hause ohne Feder an, und ihm bleibt nichts übrig, als nachzudenken, wann sie wohl könnte davongeflogen sein.‹

›Sie denken daran, Georg?‹

›Schon nicht mehr. Ich habe es aufgegeben. Ich beginne irgendwo hinter meinem zehnten Jahr, dort, wo ich aufgehört habe zu beten. Das andere gehört nicht mir.‹

›Und wie kommt es dann, daß Sie sich an *mich* erinnert haben?‹

›Darum komme ich ja zu Ihnen. Sie sind der einzige Zeuge jener Zeit. Ich glaubte, ich könnte in Ihnen wiederfinden, – was ich in mir *nicht* finden kann. Irgend eine Bewegung, ein Wort, einen Namen, an dem etwas hängt – eine Aufklärung –‹ Der Doktor senkte den Kopf in seine kalten, unruhigen Hände.

Frau Klara dachte nach: ›Ich erinnere mich an so weniges aus meiner Kindheit, als wären tausend Leben dazwischen. Aber jetzt, wie Sie mich so daran mahnen, fällt mir etwas ein.

Ein Abend. Sie kamen zu uns, unerwartet; Ihre Eltern waren ausgegangen, ins Theater oder so. Bei uns war alles hell. Mein Vater erwartete einen Gast, einen Verwandten, einen entfernten reichen Verwandten, wenn ich mich recht entsinne. Er sollte kommen aus, aus – ich weiß nicht woher, jedenfalls von weit. Bei uns wartete man schon seit zwei Stunden auf ihn. Die Türen waren offen, die Lampen brannten, die Mutter ging von Zeit zu Zeit und glättete eine Schutzdecke auf dem Sofa, der Vater stand am Fenster. Niemand wagte sich zu setzen, um keinen Stuhl zu verrücken. Da Sie gerade kamen, warteten Sie mit uns. Wir Kinder horchten an der Tür. Und je später es wurde, einen desto wunderbarern Gast erwarteten wir. Ja wir zitterten sogar, er könnte kommen, ehe er jenen letzten Grad von Herrlichkeit erreicht haben würde, dem er mit jeder Minute seines Ausbleibens näher kam. Wir fürchteten nicht, er könnte überhaupt nicht erscheinen; wir wußten bestimmt: er kommt, aber wir wollten ihm Zeit lassen, groß und mächtig zu werden.‹

Plötzlich hob der Doktor den Kopf und sagte traurig: ›Das also wissen wir beide, daß er *nicht* kam – Ich habe es auch nicht vergessen gehabt.‹ ›Nein‹, – bestätigte Klara, ›er kam nicht –‹ Und nach einer Pause: ›Aber es war doch schön!‹ ›Was?‹ ›Nun so – das Warten, die vielen Lampen, – die Stille – das Feiertägliche.‹

Etwas rührte sich im Nebenzimmer. Frau Klara entschuldigte sich für einen Augenblick; und als sie hell und heiter zurückkam, sagte sie: ›Wir können dann hineingehen. Er ist jetzt wach und lächelt. – Aber was wollten Sie eben sagen?‹

›Ich habe mir eben überlegt, was Ihnen könnte geholfen haben zu – zu sich selbst, zu diesem ruhigen Sichbesitzen. Das Leben hat es Ihnen doch nicht leicht gemacht. Offenbar half Ihnen etwas, was mir fehlt?‹ ›Was sollte das sein, Georg?‹ Klara setzte sich neben ihn.

›Es ist seltsam; als ich mich zum erstenmal wieder Ihrer erinnerte, vor drei Wochen nachts, auf der Reise, da fiel mir ein: sie war ein frommes Kind. Und jetzt, seit ich Sie gesehen habe, trotzdem Sie so ganz anders sind, als ich erwartete – trotzdem, ich möchte fast sagen, nur noch desto sicherer, empfinde ich: was Sie geführt hat, mitten durch alle Gefahren, war Ihre – Ihre Frömmigkeit.‹

›Was nennen Sie Frömmigkeit?‹

›Nun, Ihr Verhältnis zu Gott, Ihre Liebe zu ihm, Ihr Glauben.‹ –

Frau Klara schloß die Augen: ›Liebe zu Gott? Lassen Sie mich nachdenken.‹ Der Doktor betrachtete sie gespannt. Sie schien ihre Gedanken langsam auszusprechen, so wie sie ihr kamen: ›Als Kind – Hab ich da Gott geliebt? Ich glaube nicht. Ja ich habe nicht einmal – es hätte mir wie eine wahnsinnige Überhebung – das ist nicht das richtige Wort – wie die größte Sünde geschienen, zu denken: Er ist. Als ob ich ihn damit gezwungen hätte *in mir*, in diesem schwachen Kind mit den lächerlich langen Armen, zu sein, in unserer armen Wohnung, in der alles unecht und lügnerisch war, von den Bronzewandtellern aus Papiermaché bis zum Wein in den Flaschen, die so teure Etiketten trugen. Und später –‹ Frau Klara machte eine abwehrende Bewegung mit den Händen, und ihre Augen schlossen sich fester, als fürchteten sie, durch die Lider etwas Furchtbares zu sehen – ›ich hätte ihn ja hinausdrängen müssen aus mir, wenn er in mir gewohnt hätte damals. Aber ich wußte nichts von ihm. Ich hatte ihn ganz vergessen. Ich hatte *alles* vergessen. – Erst in Florenz: Als ich zum erstenmal in meinem Leben sah, hörte, fühlte, erkannte und zugleich danken lernte für alles das, da dachte ich wieder an ihn. Überall waren Spuren von ihm. In allen Bildern fand ich Reste von seinem Lächeln, die Glokken lebten noch von seiner Stimme, und an den Statuen erkannte ich Abdrücke seiner Hände.‹

›Und da fanden Sie ihn?‹

Klara schaute den Doktor mit großen, glücklichen Augen an: ›Ich fühlte, daß er *war*, irgendwann einmal *war*... warum hätte ich *mehr* empfinden sollen? Das war ja schon Überfluß.‹

Der Doktor stand auf und ging ans Fenster. Man sah ein Stück Feld und die kleine, alte Schwabinger Kirche, darüber Himmel, nicht mehr ganz ohne Abend. Plötzlich fragte Doktor Laßmann, ohne sich umzuwenden: ›Und jetzt?‹ Als keine Antwort kam, kehrte er leise zurück.

›Jetzt –‹, zögerte Klara, als er gerade vor ihr stand, und hob die Augen voll zu ihm auf: ›jetzt denke ich manchmal: Er wird sein.‹

Der Doktor nahm ihre Hand und behielt sie einen Augenblick. Er schaute so ins Unbestimmte.

›Woran denken Sie, Georg?‹

›Ich denke, daß das wieder wie an jenem Abend ist: *Sie* warten wieder auf den Wunderbaren, auf Gott, und wissen, daß er kommen wird – Und ich komme zufällig dazu –.‹

Frau Klara erhob sich leicht und heiter. Sie sah sehr jung aus. ›Nun, diesmal wollen wirs aber auch abwarten.‹ Sie sagte das so froh und einfach, daß der Doktor lächeln mußte. So führte sie ihn in das andere Zimmer, zu ihrem Kind. – «

In dieser Geschichte ist nichts, was Kinder nicht wissen dürfen. Indessen, die Kinder haben sie *nicht* erfahren. Ich habe sie nur dem Dunkel erzählt, sonst niemandem. Und die Kinder haben Angst vor dem Dunkel, laufen ihm davon, und müssen sie einmal drinnen bleiben, so pressen sie die Augen zusammen und halten sich die Ohren zu. Aber auch für sie wird einmal die Zeit kommen, da sie das Dunkel lieb haben. Sie werden von ihm meine Geschichte empfangen und dann werden sie sie auch besser verstehen.

1899/1900

‹Albrecht Ostermann›

‹Fragment›

Am 17. September, abends um neun Uhr, stand Herr Albrecht Ostermann etwas steif vom Tische auf (man hatte eben Abendbrot gegessen), und erklärte seiner Frau: »Ich möchte gern noch etwas spazieren gehn..«

Frau Klementine wartete eben darauf, daß ihr Gemahl beginnen würde, ihr aus der Abendzeitung vorzulesen, was täglich um diese Stunde geschah. Aber Herr Ostermann wiederholte: »Ja, wirklich ein wenig möchte ich noch ausgehn...«

Das war in den sechzehn oder siebzehn Jahren ihrer Ehe noch nie geschehen. Trotzdem sagte Frau Klementine nur: »Aber Albrecht...« denn sie widersprach niemals seinen Absichten.

Und als er den Überzieher wieder anzog, fuhr sie fort: »Du bist ja kaum aus dem Caféhaus nachhause gekommen...«

»Ja, trotzdem, liebe Klementine, im Caféhaus hab ich eben gesessen. Und, siehst du, ich möchte noch ein wenig Bewegung machen, sonst kann ich wieder nicht einschlafen.« Dagegen war nichts einzuwenden, als höchstens: »Das hast du aber noch niemals getan, Albrecht...«

»Ganz recht, liebe Klementine, ich habe es noch niemals getan. Aber ist damit gesagt, daß ich es *nie* tun soll? Es ist mir so die Idee gekommen, die Lust, ganz spontan. Warum soll ich ihr nicht nachgeben? Weshalb nicht einmal eine kleine Ausnahme? Ich gehe ein wenig in die Allee. Dort ist es jetzt leer und wohl auch schon etwas kühler. Adieu, liebe Klementine.« Er hielt ihr seine linke Wange hin, die sie fast gewohnheitsgemäß mit ihren feuchten, vollen Lippen berührte.

In der Tür wandte er sich noch einmal zurück. »Und warte nicht auf mich mit dem Schlafengehen, damit du nicht aus der Ordnung kommst. Ich bin ein Störefried, ein Ausreißer, und du sollst nicht durch meine Unart incommodiert sein –« scherzte er und lächelte, was seinem schmalen, frühgealterten Gesicht schwerfiel. Dann trat er nochmals an den Tisch heran, empfing, ganz wie früher, den befeuchteten Kuß auf die linke Wange und verneigte sich unbeholfen, vor seiner behäbigen Frau. Daß er diese Abschiedszeremonie wiederholte, will nichts besagen. Er hatte sich in seiner Ehe eine Umständlichkeit angewöhnt, die er für ehelichen Anstand hielt und mit peinlicher Pünktlichkeit ausübte. Vor einem Gang von einer halben Stunde verabschiedete er sich oft fünf bis sechs Mal; denn erst jenem Lebewohl, hinter dem er wirklich verschwand, schrieb er volle Gültigkeit zu.

Auf der Treppe fühlte er plötzlich, daß er noch eine größere Summe Geldes – etwa 900 Mark – bei sich trage, die heute fällig geworden waren. Und schon wollte er dieses Geld zurückbringen, als ihm einfiel, daß er, erst wieder im Zimmer und bei seiner Frau, überhaupt nichtmehr ausgehen würde, aus Unentschlossenheit, aus Bequemlichkeit oder aus sonst welchen naheliegenden Gründen. Und ausgegangen sollte doch nun mal werden. Es war schließlich nicht weiter gefährlich eine halbe Stunde mit diesem Gelde in der Allee spazieren zu gehen. So trat Herr Ostermann aus dem Hause.

Vom Fenster aus sah seine Frau ihm nach, wie er leicht, mit dem Stock spielend, die dämmernde Häuserreihe entlang ging und in eine Seitengasse einbog, die zur ›Allee‹ führte. Sie war ein wenig beunruhigt. Albrecht, der doch nie etwas ohne sie unternahm, hatte sich so unerwartet zu diesem Gang entschlossen, der nicht genügend motiviert schien. Trotzdem hatte die Dame kein Mißtrauen. Sie wußte, daß ihr Mann der beste und ehrlichste Mensch ihr gegenüber war und seit Jahren nur eine Leidenschaft hatte: ihre Ehe blank zu erhalten wie einen Metallspiegel, darin zwar keine Konturen der Dinge sich abzeichneten, aber in dessen fleckenloser Fläche immer blendend das Abbild der Sonne blieb. Nur im Anfang dieser Verbindung hatte es Unklarheiten gegeben, als man sich mit der Hoffnung trug, Kinder zu bekommen, und es in der Wohnung beständig das eine überzählige Zimmer gab: still und von einer Leerheit, nichtzusagen. Nach einigen Wartejahren hatte Frau Klementine sich dort ein geräumiges Badezimmer eingerichtet, in welchem das Ehepaar seither abwechselnd die Wohltaten des Bades genoß, ohne sich der früheren Bestimmung des Raumes zu erinnern.

Man hatte sich damals einem erfahrenen Arzte anvertraut, und Frau Klementine hatte ihm gedemütigt von ihrer Kinderlosigkeit erzählt und auf seinen Rat zuerst einige Bäder besucht, die keinen Erfolg herbeiführten. Aber unversehens wandte der Arzt seine Aufmerksamkeit Herrn Ostermann zu, und erklärte der erstaunten Frau endlich, daß *er* es sei, welcher keine Kinder bekommen könne. Er machte Herrn Ostermann die gleiche Mitteilung, und ahnte kaum, wie sehr er diesen damit erschreckte. Aber für Herrn Albrechts schamvolle Betrübnis erwuchs ein Trost. Jetzt erhob sich Frau Klementine zu üppiger Reife und, indem sie nun mit gutem Gewissen alle Säfte ihres ungesegneten Leibes für sich selbst verbrauchte, entwickelte sich bei ihr Fülle und Form und ein Überfluß, welchen ihr Gemahl in fast sentimentaler Rührung, wie etwas völlig Unverdientes, genoß.

Da sie sich in dieser Lage nichts versagen mußte und in der ungewöhnlichen Badestube ihrem, in seinem Stolze ungekränkten Körper alle möglichen Wohltaten zuwandte, ließ sie ihren Mann seinen Mangel niemals fühlen; sie wußte, im Gegenteil, indem sie ihren Reizen zu sprechen erlaubte, seine eingeschüchterten Sinne stets wach zu erhalten, so daß die gefährdete Ehe ihre Farbe nicht nur nicht verlor, sondern sogar von Verliebtheit zu Verliebtheit reicher und ruhiger zu werden schien. Für Herrn Ostermann hatte diese Klugheit seiner Frau eine moralische Bedeutung. Er verurteilte sein Jugendleben mit seinen, wie er meinte, unerhörten Ausschweifungen, und hielt manchmal, wie um sich zu ermutigen, die weiße, fleckenlose Form seiner Ehe vor diesen vorehelichen, trüben Hintergrund, in welchem die vier oder fünf Verirrungen seiner ersten Mannheit sich, verworren wie Traumbilder, verschlangen. Und er fühlte sich bereits so geläutert, daß er, sooft Hans und Arthur, zwei jugendliche Neffen seiner Frau, zu Besuch waren, mit selbstzufriedenem Gesicht wiederholte: »Liebe Kinder, ihr seid in einem sehr gefährlichen Alter. Versuchungen treten allenthalben an eure ahnungslose Reife heran, ich meine die sogenannte Liebe. Denn das, was wirklich so heißt, kann man erst in der Ehe kennen lernen. Die Gefühle aber und die Beziehungen, welche fälschlich diesen hohen Namen tragen, möchte man, mit dem Dichter, treffend jenen Wiesen vergleichen, die voll prächtiger Blumen stehen, aber nicht auf fester und gesunder Erde, sondern auf schwarzem, schwankendem Wasser liegen, auf bodenlosem Sumpf, der jeden lautlos verschluckt, wenn er gierig nach einer Blume greift.« Herr Albrecht Ostermann glaubte diesen schönen Schluß einmal, vor langer Zeit, in einem unbekannten Buche gelesen zu haben; darum sprach er ihn niemals aus, ohne zu bemerken:

»... mit dem Dichter...«. Denn er war weit entfernt die Worte irgend eines auserwählten Geistes, als ob es eigene wären, zu gebrauchen.

Sobald Herr Ostermann an der Ecke verschwunden war, stellte Frau Klementine im Vorzimmer ein Licht und Zündhölzel zurecht und bereitete für ihren Gemahl die Hausschuhe und verschiedene Kleinigkeiten vor, die seiner täglichen Gewöhnung entsprachen. Dann zog sie sich, nachdem alle Lampen in den anderen Zimmern sorgfältig gelöscht worden waren, in das gemeinsame Schlafzimmer zurück; denn sie war eine Freundin von frühem Schlafengehen, da sie darin einen Grund ihres körperlichen Behagens sah. Eine Stunde lang wartete sie im Bette und horchte auf entfernte Geräusche. Dann schlief sie ein, von der Wärme der Nacht bewältigt. Sie wußte, Albrecht würde sie auf irgend eine angenehme Weise aufwecken, wenn er, längstens in einer halben Stunde, zurückkommt.

Herr Albrecht Ostermann kehrte aber nicht zurück, weder in einer halben Stunde, noch in dieser Nacht, noch sonst irgendwann.

Die Gerichte forschten umsonst nach dem Verschollenen und sein Verschwinden blieb unaufgeklärt.

Indessen trug sich Alles sehr einfach, nur etwas unerwartet zu:

Am 17. September, abends ein Viertel nach neun Uhr, wurde ein Herr mittleren Alters, der allein in der ›Allee‹ sich erging, von einem Frauenzimmer angesprochen. Erst spazierte er unbekümmert weiter, das Frauenzimmer immer neben ihm. Plötzlich blieb er stehn und machte auf irgend eine Nachricht hin: »Wieso?« Seine Begleiterin war schlank, bedeutend kleiner als er, und er mußte den Kopf etwas neigen, um ihr Gesicht, das in krausen blonden Haaren stak, genau zu sehen. Denn darum handelte es sich vor allem. Und gerade unter der Laterne nickte das Frauenzimmer, in seine Augen: »Ja, ja, – – – ich bin die Kathi!«

»Welche Kathi?«

»Die, was bei Ihrer Frau Tante im Dienst war, damals als Sie hin auf Urlaub kamen, – zur Tante...«

»Urlaub? –« Der Herr lebte längst vollkommen unabhängig, und so hatte dieses Wort etwas Befremdliches für ihn. »Wann sollte denn das gewesen sein?«

»Oh – das werden jetzt so an die zweiundzwanzig Jahre sein. Der Herr war ja damals ganz jung, in Liebenau, bei der Frau Tante Albot.«

Der Herr blieb stehen. »In Liebenau....« Und es fällt ihm verschiedenes ein; die Tante Albot, eine taube, mürrische alte Frau mit einer schiefen Spitzenhaube, von der er später eine rosarote Hängeampel, einen Lehnstuhl, auf dem man wegen seiner Gebrechlichkeit nicht sitzen durfte, und den Rafael Morghenschen Stich des ›Abendmahls‹ geerbt hatte. Und bei Abendmahl fällt ihm Nachtmahl ein und bei Nachtmahl eine Küche, die gerade neben seiner Stube lag, sehr fern von den Zimmern der Tante, – und er sagt auf einmal, seufzend:

»Jaja, Kathi!«

»No also endlich!« – lacht es neben ihm. »Jetzt wissen Sie's doch noch?«

Nach einer Pause sagt der Herr: »Ja, sehen Sie, das war so... in der Jugend.... Es geht Ihnen doch gut, Fräulein Kathi?«

»Ach ja, Fräulein!« macht sie spöttisch. »Deshalb komm ich ja grad, weils mir *nicht* gut geht...«

»Nicht gut?«

»Nein. Beinah achtzehn Jahr hab ich mich allein mit dem Kind durchgeschlagen, aber jetzt wo's groß ist, brauchts halt garsoviel...«

»Ein Kind? Also verheiratet?«

Die Kathi antwortet nur beiläufig: »Ja, ich fahr heute wieder zurück, wir sind in Birkfelde. Zwei Stunden von hier mit der Bahn.«

»Und hier in der Stadt haben Sie – Geschäfte gehabt?«

»Geschäfte!« lacht die Blonde ihn an. »Das ist wirklich gut. Geschäfte! Ein Geschäft mit dem Herrn hätt ich eben nur...«

Der Herr mittleren Alters läßt sich durchaus nicht überrumpeln. Er lächelt: »Liebe Kathi, wenn Sie wirklich zu mir gekommen sind, will ich Ihnen ganz gern mit einer Kleinigkeit nach meinen Kräften aushelfen...«

»Ja es ist eben so ein Elend...«

»Jaja. Und es geht Ihnen schon lange so... so schlecht... sagten Sie? –«

»Eigentlich seit Ihre Tante, Frau Albot, mich fortgejagt hat...« –

»Fortgejagt, ... wann war denn das, Fräulein Kathi, ...«

»Gleich nachdem Sie damals wieder aus Liebenau abfuhren, sechs Wochen drauf.... wegen dem Kind.... Sie können sich schon denken von wem.«

Der Herr denkt ernsthaft nach. »Nein, sehen Sie, – ich weiß mich nicht zu erinnern, wer damals könnte in diesem Liebenau... Es kam kein Mann ins Haus.... Die gute Tante.. erlaubte doch nicht einmal, daß der Kohlenmann oder der Milchausträger...«

»Wenn der Herr aber nur nachdenken möchte.«

Der Herr versucht es wirklich.

»Na, wirds der Herr wohl selber g'wesen sein.«

Eine Weile sieht der so Angesprochene verständnislos vor sich hin. Dann aber lacht er ganz ungezwungen und arglos: »Ja, ja, Kathi, vielleicht.«

»Aber ganz ernsthaft, weiß der Herr vielleicht nicht....«

»Was denn...«

»Daß er bei mir in der Küche war?..«

»Jaja,... ich sagte schon, in der Jugend, da kommt es ja wohl vor.«

»Daß man einem armen – Mädel ein Kind macht. Hn?«

Der Herr hört auf zu lachen und sagt ruhig: »Nein, nein, Kathi...«

»Also war der Herr vielleicht nicht?..« fährt die Blonde zornig auf.

»Doch, doch, leider Gottes, ja. Aber trotzdem. Es kann gar keine Folgen gehabt haben, nicht im geringsten. Das ist sozusagen ausgeschlossen. Ich will Ihnen sagen, Fräulein, der Doktor hat mir erklärt, daß es ganz unmöglich ist, daß ich jemals ein Kind...«

»Wann hat Ihnen der Doktor..«

. . . .
. . . .
. . . .

1900/01

Der Drachentöter

Es war ein schönes und fruchtbares Land mit Wäldern, Feldern, Flüssen, Straßen und Städten. Ein König war darüber gesetzt von Gott, ein Greis, älter und stolzer als alle Könige, von denen man je Glaubwürdiges gehört hat. Dieses Königs einziges Kind war ein Mädchen von großer Jugend, Sehnsucht und Schönheit. Der König war verwandt mit allen Thronen der Nachbarschaft, seine Tochter aber war noch ein Kind und allein, wie ohne alle Verwandtschaft. Gewiß war ihre Sanftmut und Milde und die Macht ihres unerwachten stillen Angesichtes die unschuldige Ursache jenes Drachens, welcher, je mehr sie emporwuchs und aufblühte, desto näher heranschlich und sich endlich im Walde vor der schönsten Stadt des Landes, wie der Schrecken selber, niederließ; denn es bestehen geheime Beziehungen zwischen dem Schönen und dem Schrecklichen, an einer bestimmten Stelle ergänzen sich beide wie das lachende Leben und der nahe tägliche Tod.

Damit ist nicht gesagt, daß der Drache der jungen Dame feindlich war, wie ja auch niemand auf Ehre und Gewissen sagen kann, ob der Tod des Lebens Widersacher ist. Vielleicht hätte das große kochende Tier sich wie ein Hund neben dem schönen Mädchen niedergelegt und es wäre vielleicht nur durch die Abscheulichkeit der eigenen Zunge abgehalten worden, die lieblichsten Hände in tierischer Demut zu liebkosen. Aber man ließ es natürlich auf eine Probe nicht ankommen, zumal der Drache gegen alle, die zufällig in den Kreis seiner Kraft traten, erbarmungslos war und, einem sichtbaren Tode vergleichbar, alles, Kinder und Herden nicht ausgenommen, ergriff und behielt.

Der König wird es zuerst mit hoher Befriedigung vermerkt haben, daß diese Not und Gefahr viele Jünglinge seines Landes zu Männern machte. Diese jungen Leute aus allen Ständen, Adelige, Priesterschüler und Knechte, zogen aus wie in ein fremdes, fernes Land, hatten das Heldentum einer einzigen, heißen, atemlosen Stunde, in der sie Leben und Tod hatten und Hoffnung und Angst und alles – wie im Traum. Schon nach einigen Wochen fiel es keinem mehr ein, diese kühnen Söhne zu zählen und ihre Namen irgendwo aufzuzeichnen. Denn in solchen bangen Tagen gewöhnt sich das Volk auch an Helden; sie sind dann nichts Unerhörtes mehr. Das Gefühl, die Furcht, der Hunger von Tausenden schreit nach ihnen, und sie sind da, wie eine Notwendigkeit, wie Brot, von jenen letzten Gesetzen bedingt, die auch in den Zeiten des Unheils nicht aufhören zu wirken.

Als aber die Zahl derer, welche sich nach hoffnungsloser Gegenwehr opferten, immer noch wuchs, als fast in jeder Familie des Landes der beste Sohn (und oft noch in knabenhafter Jugend) gefallen war, da begann der König mit Recht zu fürchten, daß alle Erstlinge seines Landes zugrunde gehen könnten und daß zu viele junge Mädchen eine jungfräuliche Witwenschaft auf sich nehmen müßten für die langen Jahre eines kinderlosen Frauenlebens. Und er versagte seinen Untertanen den Kampf. Fremden Kaufleuten aber, die in namenlosem Entsetzen aus dem heimgesuchten Lande flohen, gab er eine Kunde mit, welche Könige, in ähnlicher Lage, seit alten Zeiten verbreiten ließen: wem es gelänge, das arme Land von diesem großen Tode zu befreien, der sollte die Hand der Königstochter erhalten, mag er von Adel sein oder eines Henkers letzter Sohn.

Und es zeigte sich, daß auch die Fremde voller Helden

war, und daß der hohe Preis seine Wirkung nicht verfehlte. Die Fremden waren aber nicht glücklicher als die Einheimischen: sie kamen nur, um zu sterben.

In der Tochter des Königs ging in diesen Tagen eine Veränderung vor; wenn ihr Herz bis jetzt, von der Trauer und dem Verhängnis des Landes bedrückt, den Untergang des Untiers erflehte, so verbündete sich nun, da sie einem starken Unbekannten zugesprochen war, ihr naives Gefühl dem Bedränger, dem Drachen, und es kam so weit, daß sie in der Aufrichtigkeit des Traumes Gebete zu seinen Gunsten erfand und von heiligen Frauen verlangte, daß sie das Ungeheuer in ihren Schutz nehmen sollten.

Eines Morgens, als sie aus solchen Träumen voll Scham erwachte, kam ein Gerücht zu ihr, das sie erschreckte und verwirrte. Man erzählte sich von einem jungen Menschen, der – Gott weiß woher – zum Kampfe gekommen war, und dem es allerdings nicht gelang, den Drachen zu töten, wohl aber wund und blutend aus den Klauen des gräßlichen Feindes sich loszureißen und in den dichtesten Wald sich zu verkriechen. Dort fand man den Bewußtlosen, kalt in seiner kalten eisernen Schale, und brachte ihn in ein Haus, wo er nun in tiefem Fieber lag, mit heißem Blut hinter den brennenden Verbänden.

Als das junge Mädchen diese Nachricht vernahm, wäre sie gerne, wie sie war, in ihrem Hemde von weißer Seide, durch die Straßen gelaufen, um an dem Lager des Todkranken zu sein. Aber als die Kammermädchen sie angekleidet hatten, und sie ihr wunderschönes Kleid und ihr trauriges Gesicht in den vielen Spiegeln des Schlosses gehen und kommen sah, da verließ sie der Mut, so Ungewöhnliches zu wagen. Sie brachte es nicht einmal über sich, irgendeine verschwiegene Dienerin in das Haus zu senden, darin der fremde Kranke lag, um ihm eine Linderung zu schaffen, feine Leinwand oder eine sanfte Salbe.

Aber es war eine Unruhe in ihr, die sie beinahe krank machte. Bei Einbruch der Nacht saß sie lange am Fenster und suchte das Haus zu erraten, in dem der fremde Mann starb. Denn, daß er starb, schien ihr selbstverständlich. Nur *Eine* hätte ihn vielleicht retten können, aber diese Eine war viel zu feige, ihn zu suchen. Dieser Gedanke, daß das Leben des wunden Helden in ihre Hand gegeben sei, verließ sie nicht mehr. Dieser Gedanke stieß sie endlich nach dem dritten Tage, den sie so in Qualen und Selbstvorwürfen verbracht hatte, in die Nacht hinaus, in eine schwarze, bange, regnende Frühlingsnacht, in der sie herumirrte, wie in einem dunklen Zimmer. Sie wußte nicht, woran sie das Haus erkennen würde, das sie suchte. Aber sie erkannte es ohneweiters an einem Fenster, das weit offen stand, an einem Licht, das drinnen im Zimmer brannte, einem langen seltsamen Licht, bei dem niemand lesen oder schlafen konnte. Und langsam ging sie an dem Hause vorbei, hilflos, arm, versunken in die erste Traurigkeit ihres Lebens. Sie ging weiter und weiter. Der Regen hatte aufgehört; über losen Wolkenstreifen standen einzelne große Sterne, und irgendwo in einem Garten sang eine Nachtigall den Anfang ihrer Strophe, die sie noch nicht vollenden konnte. Sie hob immer wieder fragend an, und ihre Stimme war groß und gewaltig aus der Stille gewachsen, wie die Stimme eines Riesenvogels, dessen Nest auf den Wipfeln von neun Eichen ruht.

Als die Prinzessin endlich die Blicke, in denen Tränen standen, von ihrem langen Wege erhob, sah sie einen Wald und einen Streifen Morgen dahinter. Und vor diesem Streifen hob sich etwas Schwarzes ab, das sich zu nähern schien. Es war ein Reiter. Unwillkürlich drückte sie sich in das dunkle, nasse Gebüsch. Er ritt langsam an ihr vorbei, und sein Pferd war schwarz von Schweiß und bebte. Und er selbst schien zu zittern: alle Ringe seines Panzers klangen leise aneinander. Sein Haupt war ohne Helm, seine Hände waren bloß, sein Schwert hing schwer und müde herab. Sie sah sein Gesicht im Profil; es war heiß, mit verwehtem Haar.

Sie sah ihm nach, lange. Sie wußte: er hat den Drachen getötet. Und ihre Traurigkeit fiel ihr ab. Sie war kein verirrtes, verlorenes Ding mehr in dieser Nacht. Sie gehörte ihm, diesem fremden, zitternden Helden, sie war sein Besitz, als ob sie eine Schwester seines Schwertes wäre.

Und sie eilte nach Hause, um ihn zu erwarten. Sie kam unbemerkt in ihre Gemächer, und sobald es anging, weckte sie die Kammermädchen und ließ sich das schönste ihrer Kleider bringen. Während man es ihr anzog, erwachte die Stadt zu lauter Freude. Die Menschen jubelten und die Glocken überschlugen sich fast in den Türmen. Und die Prinzessin, die diesen Lärm hörte, wußte plötzlich, daß er nicht kommen würde. Sie versuchte, sich ihn vorzustellen, umwogt von der lauten Dankbarkeit der Menge: sie vermochte es nicht. Fast ängstlich suchte sie sich das Bild des einsamen Helden, des Zitternden, zu erhalten, wie sie ihn gesehen hatte. Als ob es wichtig wäre für ihr Leben, das nicht zu vergessen. Und dabei war ihr so festlich zu Mut, daß sie, obwohl sie wußte, daß niemand kommen würde, die Kammermädchen, die sie schmückten, nicht unterbrach. Sie ließ sich Smaragden und Perlen ins Haar verflechten, das sich, zum größten Erstaunen der Dienerinnen, feucht anfühlte. Die Prinzessin war fertig. Sie lächelte den Kammermädchen zu und ging, etwas bleich, an den Spiegeln vorbei, im Geräusche ihrer weißen Schleppe, die weit hinter ihr herkam.

Der greise König aber saß, ernst und würdig, im hohen Thronsaal. Die alten Paladine des Reiches standen um ihn und glänzten. Er wartete auf den fremden Helden, den Befreier.

Der aber ritt schon weit von der Stadt, und es war ein Himmel voll Lerchen über ihm. Hätte ihn jemand an den Preis seiner Tat erinnert, vielleicht wäre er lachend umgekehrt; er hatte ihn ganz vergessen.

1901

Eine fröhliche Fackel sei die Sinnlichkeit

Nachwort

»Daß die Sinnlichkeit nicht eine heimliche Flamme, die immer an der gleichen Stelle ausbricht, sei – das sei unser Stolz und unsere Stärke. Wir wollen, sie soll eine fröhliche Fackel werden, die wir hinter alle Transparente unseres Wesens halten.« Als Rilke dies Bekenntnis am 10. März 1899 in sein Tagebuch schrieb, lag die für sein Leben wie für sein Liebesverständnis so entscheidende erste Begegnung mit Lou Andreas-Salomé im Mai 1897 fast zwei Jahre zurück. Viele der hier versammelten Liebesgeschichten sind vor dieser Begegnung geschrieben; sie zeigen einen nach dem Stellenwert des Sinnlichen noch suchenden Autor, einen, der nach dem Wert – oder auch ›Unwert‹ – des Sexuellen fragt. Rilke schrieb alle diese gefühlvollen und zum Teil leise ironischen Erzählungen als sehr junger Mann, zwischen seinem neunzehnten und fünfundzwanzigsten Lebensjahr. Er hat sie später nicht einmal als den Beginn seiner dichterischen Arbeit gelten lassen wollen, er hat sie »das höchst private Ende meiner kindlichen und jugendlichen Ratlosigkeit« genannt.

Und Ratlosigkeit – auch und gerade gegenüber der ›Sinnlichkeit‹ – ist es in der Tat, was die Gestalten der zumeist tragisch endenden Liebesgeschichten ausstrahlen, die größtenteils von falsch verstandener Liebe und vom Versagen an der Liebe handeln. Der mit der schönen Hedwig verlobte Ich-Erzähler in »Die Näherin« gerät wie unter dem Bann einer unbekannten Macht, willenlos, ins Zimmer seiner Nachbarin, einer schwerfälligen, ungepflegten Frau.

Über der Beziehung, in die er hineingezogen wird, liegt etwas ebenso Dunkles und Unheimliches – etwas, wofür er glaubt, sich schämen zu müssen – wie über der nur heimlich gelebten Liebe in »Und doch in den Tod«. Auch in der Erzählung »Im Vorgärtchen« geht es um die dunkle Macht einer ›verbotenen‹ Liebe, der eines Mannes zur Frau seines besten Freundes.

Scheint der Autor, bei aller kritischen Distanz, das Gefühl des ›Verbotenen‹ und die Ratlosigkeit über die verheerenden Folgen der Gefühlsverwirrungen mit den Gestalten seiner Erzählungen anfangs noch zu teilen, so deutet sich in der im Juni/Juli 1897, kurz nach der ersten Begegnung mit Lou Andreas-Salomé, entstandenen Skizze *Kismét* eine grundsätzliche Wandlung an; Rilkes Gestalten beginnen sich zu einem freien Liebesgenuß zu bekennen: Als die Zigeunerin Tjana tanzt, signalisiert ihr Körper »bewußtes Genießen und willenloses Hingeben zugleich«. Es war die Liebe, die sie tanzte, heißt es nun. »Fernsichten« wendet sich gegen die falsche Moral eines religiösen Eiferers, der junge Menschen von der Liebe abzuhalten versucht, indem er predigt: »In allem, was ihr liebt, glüht die Versuchung. Ich will euch erlösen vom Glanz.« Albrecht Ostermann schließlich, Hauptfigur des gleichnamigen Fragments, schert eines Abends aus allen Gewohnheiten aus und folgt seiner inneren Stimme, um nie wieder zu Klementine zurückzukehren, mit der er seit sechzehn oder siebzehn Jahren verheiratet war: Er begegnet der Frau wieder, die in seinem vorehelichen Leben eine auch ihn überraschende, folgenreiche Rolle gespielt hat, und versteht wohl kaum noch, wie er ein Leben mit »Ausschweifungen« gegen »die weiße, fleckenlose Form seiner Ehe« hat eintauschen können.

So deutlich Rilkes Absage an die Verdrängung des Sexuellen in all diesen Erzählungen auch wird, sein Liebesverständnis, wie er es später dann, als er der schlichten Prosa seiner Jugendjahre längst entwachsen war, in vielen Gedichten und vor allem in den *Briefen an einen jungen Dichter* und dem *Brief des jungen Arbeiters* zum Ausdruck gebracht hat, geht weiter und wird – wie hier etwa in den Erzählungen »Ihr Opfer« und »Der Liebende« – mit der Kritik an männlicher Dominanz und männlichem Unverständnis in der Partnerschaft verbunden, die die Frau allzuoft zur Selbstaufgabe zwingen.

Einzig die Übersetzerin Klara in der Erzählung »Eine Geschichte, dem Dunkel erzählt« hat zu sich selbst gefunden, zu einem »ruhigen Sichbesitzen«. Die Partnerschaft, die sie mit ihrem Mann, dem Maler Angelo, lebt, in der jeder dem anderen den Freiraum läßt, den er zu seinem eigenen inneren Wachstum braucht, weist voraus auf die Beziehung zwischen Mann und Frau, die Rilke wenige Jahre später im Blick hat, als er dem Dichter Franz Xaver Kappus von einer Liebesbeziehung schreibt, »die von Mensch zu Mensch gemeint ist, nicht mehr von Mann zu Weib. Und diese menschlichere Liebe (die unendlich rücksichtsvoll und leise, und gut und klar in Binden und Lösen sich vollziehen wird) wird jener ähneln, die wir ringend und mühsam vorbereiten, der Liebe, die darin besteht, daß zwei Einsamkeiten einander schützen, grenzen und grüßen.«

Rilkes Liebesbeziehung zu der um Jahre älteren Lou Andreas-Salomé mag entscheidend auch auf die Entwicklung dieses Verständnisses eingewirkt haben, doch ging der Begegnung mit ihr eine Lektüre voraus, deren Spuren sich gleichfalls in den hier versammelten Erzählungen mehrfach finden lassen: Platons *Symposion* gehört in der Erzählung »Die Flucht« zur Lektüre des Gymnasiasten Fritz, und das abgebrochene Zitat »Wenn man sich wirklich lieb hat …« wäre wohl nach der in Platons Dialog von Sokrates überlieferten Rede der Diotima so zu ergänzen: Wenn man sich wirklich lieb hat, muß man sich nicht nur erfassen und halten, sondern auch loslassen können, denn – so in der eingangs zitierten Tagebuchnotiz –: »Besitz ist Armut und Angst; Besessenhaben allein ist unbesorgtes Besitzen.«

Auch das Preisen einer ›besitzlosen‹, partnerschaftlichen Liebe kündigt sich in Rilkes frühen Erzählungen bereits an, wenn es in den meisten von ihnen auch zunächst um das richtige Erfassen und Halten des geliebten Menschen und weniger um das Loslassen-Können geht.

Vera Hauschild

Textnachweise

Die Texte folgen der Ausgabe:

Rainer Maria Rilke: *Sämtliche Werke*. Herausgegeben vom Rilke-Archiv. In Verbindung mit Ruth Sieber-Rilke besorgt durch Ernst Zinn. Band 4 (SW IV). Frankfurt am Main 1961.

In Erzählsammlungen Rilkes erschienen sind: »Kismét« und »Die Flucht« (in: *Am Leben hin*, 1898; hier nach SW IV, S. 46-52 und S. 52-56); »Der Liebende« (in: *Die Letzten*, 1901; hier nach SW IV, S. 234-246) sowie »Eine Geschichte, dem Dunkel erzählt« (in: *Geschichten vom lieben Gott und Anderes*, 1900; hier nach SW IV, S. 386-399).

Die übrigen Erzählungen sind verstreut oder in Band 4 der *Sämtlichen Werke* 1961 erstmals aus dem Nachlaß gedruckt worden: »Die Näherin« (hier nach SW IV, S. 414-426), »Und doch in den Tod« (S. 459-464), »Eine Tote« (S. 433-445), »Ihr Opfer« (S. 474-479), »Im Vorgärtchen« (S. 479-482), »Heiliger Frühling« (S. 485-496), »Fernsichten« (S. 500-503), ‹Albrecht Ostermann› (S. 663-671), »Der Drachentöter« (S. 682-688).

Die chronologische Anordnung der Texte in der vorliegenden Ausgabe folgt den von August Stahl in *Rilke-Kommentar zu den »Aufzeichnungen des Malte Laurids Brigge«, zur erzählerischen Prosa, zu den essayistischen Schriften und zum dramatischen Werk* (München 1979) mitgeteilten Entstehungsdaten.